인디고블루와 코발트블루, 사라진 개

인디고블루와 코발트블루, 사라진 개

초판1쇄 인쇄 2025년 2월 17일
초판1쇄 발행 2025년 2월 20일

저 자 김호운
발행인 박지연
발행처 도서출판 도화
등 록 2013년 11월 19일 제2013-000124호
주 소 서울시 송파구 중대로34길 9-3
전 화 02) 3012-1030
팩 스 02) 3012-1031

전자우편 dohwa1030@daum.net
인 쇄 유진보라

ISBN | 979-11-92828-78-7 *03810
정가 17,000원

도화道化, fool는
고정적인 질서에 대한 익살맞은 비판자,
고정화된 사고의 틀을 해체한다는 뜻입니다.

인디고블루와 코발트블루, 사라진 개

김호운 소설

향기는 맡는 게 아니라 듣는 것이다

노트북에 사용하는 전원 케이블이 뒤엉켜서 푸
느라 애쓴 경험이 여러 차례 있다. 잘 펴서 사용하
다가 거두어들일 때 제대로 정리하여 보관하지 못
하고 늘 그렇게 무엇에 쫓기듯 둘둘 뭉쳐서 배낭에
담고는 한다. 왜 같은 공력을 여러 번 치르면서도
잘 정리해서 보관할 생각을 하지 않을까.

요즘 혼돈에 가까운 우리나라 정치 상황을 보면
서 문득 이 생각이 떠올랐다.

이번에는 정신 차려 케이블을 잘 펴서 보관해야지 하다가 마침 며칠 전에 케이블을 정리해서 담아 두는 파우치를 하나 발견하고 얼른 장만했다. 이렇게 간단히 해결할 수 있는걸, 잠깐 생각을 잘하면 해결책이 있는데, 다들 그 해답을 보지 못한다. 모두 제 욕심에 함몰하여 앞뒤를 못 보고 불나비처럼 파멸 속으로 뛰어든다. 빗자루로 허공을 쓰는 허망한 일인데도 모두 이걸 정의正義라고 부르짖는다. 참과 거짓이 한데 뒤엉켰다.

오랜만에 작품을 묶어 독자들께 선보인다. 목적을 품고 소설을 쓰는 건 아니지만, 다시 읽어보니 누군가에게 작은 씨앗처럼 마음의 평화를 전할지도 모른다는 엉뚱한 기대를 한다. 흡사 엉클어진 케이블을 정리해 주는 파우치처럼, 그렇게. 그러고는 순간 움찔했다. 이 역시 허공을 빗자루로 쓰는 허망한 일 아닌가. 잠깐 그런 흐린 생각을 한 게 부끄러웠다. 혼돈의 세상에서 살다가 보니 어느새 나도 부질없는 꿈속을 휘젓는다.

가끔 그럴 때가 있다. 무심코 작품을 썼는데, 우연하게도 사건 하나가 다가와 내 작품 속으로 쑥 들어오는 게 아닌가. 마치 신기神氣가 있는 듯 나를 착각에 빠지게 한다. 기시감旣視感인지 미시감未視感인지 모를 그런 모호한 개념에 갇힐 때가 있다. 세상이 시끄럽고 혼란스러울수록 이런 현상이 더 잦다. 지금 우리가 사는 현실이 그렇다. 참보다는 거짓이 진실처럼 난무하는 세상에 서면 이런 혼란과 착각에 빠진다. 이런 세상이 소설 속으로 들어와 버렸다.

한강 소설가가 노벨문학상을 탄 나라답지 않다. 폭죽을 터트리며 기껏 칭찬받던 영광을 내다 버리고 난데없이 회초리로 얻어맞는 기분이다. 제발 소설이든 시든 수필이든, 문학 작품을 읽으며 이 모든 오류와 혼돈을 지워가길 희망한다.

문학이 사람을 향기롭게 세상을 아름답게 해주는 백신이란 믿음이 제발 허공에서 산화하지 않기를 소망한다.

"향기는 맡는 게 아니라 듣는 것이다."

이 말에 길이 있다.

2025년 정월

설원재說苑齋재에서 우공愚公 김호운

차례

작가의 말

아버지의 눈 천물

며칠 고민하던 끝에 나는 시골에 있는 고향의 옛 집을 찾았다. 여섯 살 때 이 집을 떠났으니, 거의 60년 만이다. 아버지와 삼촌 둘, 고모 네 분, 그리고 나까지 태어나고 자란 이 고향 집은 나이가 100살이 훨씬 넘었다. 그런데도 기와며 날아갈 듯한 추녀까지 아직 어디 하나 기운 데 없이 온전하게 잘 버티고 있다. 마치 할아버지의 쇠심줄 같은 고집을 그대로 빼닮은 듯하다.

　이 집과 나와의 인연은 모두 합쳐도 1년이 채 못 된다. 그래서인지 감회보다는 오히려 낯섦이 더 짙게 느껴졌다. 갓 태어나 젖먹이 시절에 어머니 품에서 3개월가량 살았고, 초등학교에 입학할 무렵 잠시 이 집에 들어와 6개월가량 산 게 전부다. 앞서 산 기억은 나지 않고, 뒤의 6개월 동안 산 기억은 생생하게 남아 있다. 이 집과 이별하던 날, 나를 찾으러 온 어머니와 나를 내어주지 않으려는 할머니 사이에 큰 승강이가 벌어졌다. 할머니에게 손목이 단단히 잡힌 나는 어머니에게 가려고 울면서 발버둥이를 쳤다. 그 두 사람 사이에 어머니를 향해 지팡이를 휘두르는 할아버지가 장벽처럼 가로막고 있었다. 결국 나는 할머니의 손을 피가 나도록 깨문 뒤에야 어머니에게 달려갈 수 있었다.

그렇게 이 집을 떠난 뒤 당시의 할아버지 나이가 되어서 다시 찾았다. 이 집에 살던 사람들은 이제 모두 세상을 떠나고, 막내 고모 한 분이 경상북도 군위 어딘가에 살고 있다는 소문을 들었다. 이 집도 오래전에 팔려 지금은 파평 윤尹씨 문중 제실祭室이 되었다. 충애보육원에서 할머니의 손에 끌려 이 집에 왔을 때 나는 엄청나게 크고 높은 대문을 보고 잔뜩 주눅이 들었던 기억이 난다. 산 사람이 살던 집이 죽은 이의 집이 된 건 아마도 마을에서 유일한 이 솟을대문 때문이 아니었을까 싶다.

제실 관리인에게 부탁하여 잠긴 대문을 열고 들어가 집을 둘러보는데, 뒤늦게 따라 들어온 관리인이 내게 물었다.

"우리 문중 사람이오?"

"아네요. 집이 고풍스러워서 한번 둘러보고 싶었습니다."

"에이, 고풍은 무어, 다 낡은 시골집인데… 그나저나 어디서 오시는 길이오?"

"서울에 사는데, 여행 중입니다. 혹시… 이 집이 원래 제실로 지은 건가요?"

나는 이 집이 윤씨 문중으로 넘어온 연유를 알 수 있을까 해서 그렇게 에둘러 물어보았다.

"글쎄요… 오래전 일이라 기억나지 않네요. 종가에 가서 물어보면 알게요."

제실 관리인은 마을에 있는 종갓집을 알려주었다. 이 집과 나와의 인연이 어디에서 끊어졌는지 잠시 궁금했으나, 굳이 그 내력을 알고 싶었던 건 아니다. 아마도 할머니가 마지막까지 이 집에 살았으니, 그 즈음해서 주인이 바뀌었을 것이다.

1950년 여름, 6·25 한국전쟁이 일어났다. 인민군이 안동까지 밀고 내려왔다는 소문이 전해지자 팔십여 리 남쪽에 살던 우리 마을 사람들은 소달구지와 지게에 이불과 솥단지를 싣고 피난길에 올랐다. 그때 나는 어머니의 배 속에 있었다. 우리 어머니는 시집온 지 일 년밖에 안 된 열여덟 살 난 새색시였다. 경상남도 청도까지 내려간 우리 가족은 그곳 냇가에 이불보로 천막을 치고 피난 생활을 시작했다. 그곳에는 이미 각지에서 몰려온 피난민들로 북새통을 이루고 있었다. 열 명이나 되는 대식구가 이불보로 만든 천막 하나 속에서 함께 생활할 수는 없었다. 할아버지와 할머니, 그리고 고모 네 명과 나이 어린 막내 삼촌이 천막을 차지했다. 그래서 아버지와 어머니, 그리고 큰삼촌은 밤이슬을 맞으며 차가운 자갈밭에서 자야 했다. 우리 할아버지와 할머니는 이렇듯 몰인정했다. 다른 집 같았으면, 할아버지가 밖으로 나오고 임신한 어린 며느리를 천막 안으로 들여보냈을 것이다.

피난 생활 한 달이 지나자 가지고 온 식량이 모두 바닥이 났다. 피난민들이 바글거리는 이곳에서 식량을 조달할 희망이라곤 애당초 없었다. 이곳 청도 마을 토박이 주민들도 제대로 농사를 짓지 못해 제 가족 먹일 양식이 부족한 형편이었다. 들과 산을 누비며 먹을 수 있는 풀과 나무껍질을 구해와 끼니를 이어 갔다. 피난민이 많아 이마저도 날쌔지 않으면 구하기가 쉽지 않았다. 그래서 입 하나라도 던다는 심정으로 아버지는 큰삼촌과 함께 군대에 자원입대하기로 했다. 당시에는 전시라 젊은 장정들은 눈에 띄는 대로 모조리 강제 징집했다. 하지만 인민군을 피해 산길을 걸어 이곳까지 피난 오는 바람에 아버지와 삼촌은 그때까지 징집당하는 걸 모면했다.

이 사실을 알게 된 어머니가 울면서 매달렸지만, 아버지의 결심을 되돌리지는 못했다. 그날 밤, 아버지와 큰삼촌은 기어이 할아버지 할머니 몰래 어머니와 이별하고 천막을 떠났다. 떠나면서 아버지는 어머니에게 "우리 아이가 태어날 때쯤엔 이 전쟁도 끝날 거야"라고 했다. 이게 마지막 말이었다.

이튿날 아침, 두 아들이 몰래 군대에 간 사실을 안 할아버지와 할머니는 다짜고짜 어머니에게 "멍청한 년, 서방이 죽을 구덩이로 들어가는데도 빤히 보고만 있었냐! 어쩌자고 입 꾹 다물고 보냈느냐!" 하며 화풀이했다. 열일곱 살, 세상물정도 모르던 나이에 시집와 나를 임신하는 바람에 제 몸 하나 추스르기도 벅찼던 어머니는 남편 없는 서러움을 생각할 겨를도 없이 호되게 휘둘렸다. 남편이 죽으라면 죽는시늉까지 해야 하는 줄 알고 입을 다물었다가 어머니는 시부모의 호된 타박을 고스란히 받았다.

"걔들한테 무슨 일 생기면 모두 네년 탓인 줄 알거라! 어디서 저런 멍텅구리가 들어왔는지 원. 제 서방 잡아먹을 년!"

아버지와 삼촌이 입대하는 바람에 이제 어머니

혼자 무서움에 떨며 천막 바깥 생활을 해야 했다. 어머니는 밤하늘에 뜬 별을 보며 혼자 날마다 눈물을 흘렸다. 뒷날 어머니는 이때 흘린 눈물이 작은 실개천 하나는 될 거라고 내게 말했다.

시부모의 매서운 홀대 속에 힘겨운 피난살이를 두 달 넘게 견뎌내다가 인민군이 물러갔다는 소식을 듣고 다시 고향집으로 돌아왔다. 먹고 자는 걱정은 덜었지만, 어머니의 고된 시집살이는 이제 시작이었다. 두 사람의 입대를 막지 못했다고 타박하던 할머니가, 나중에는 어머니를 원인 제공자로 몰아붙였다. 얼마나 보기 싫었으면 새파랗게 젊은 마누라를 두고 죽을 자리로 갔겠느냐 하고 홀대하며 온갖 궂은 일을 시키는 바람에 어머니는 파김치가 되도록 혹사당했다. 오죽했으면 어린 며느리에게 해도 너무한다며 이웃 사람들이 나서서 할아버지와 할머니에게 항의하기도 했다.

아버지와 함께 입대했던 삼촌이 휴가를 나왔다. 내가 태어나고 한 달쯤 되었을 무렵이다. 삼촌은 철모를 쓰고 어깨에 총을 멘 군복 차림으로 돌아왔다. 마을 사람들이 우리 집으로 우 몰려왔다. 전쟁터에 나간 군인이 전시에 휴가를 나온다는 건 상상도 하지 못했던 터라 우리 가족은 물론이고 마을 사람들 모두 놀라지 않을 수 없었다. 그 가운데 자식을 전쟁터에 보낸 몇몇 마을 어른들은 삼촌을 붙잡고 어떻게 휴가를 나왔는지 꼬치꼬치 캐묻기도 했다. 혹시나 자기 자식들도 휴가 나올 방법이 있지 않을까 그렇게 희망의 끈을 붙잡으러 했다.

알고 보니, 우리 아버지와 삼촌은 미군 부대에 배속되어 있었다. 그래서 전시지만 휴가를 나올 수 있었던 모양이다. 그날 밤, 청도 냇가를 떠난 아버지와 삼촌이 처음 마주친 군부대가 미군 부대였다. 그곳에서 일주일간 머물다가 다른 장병들과 함께 미군 태평양사령부가 있는 일본 오키나와로 가서 기초 군사훈련을 받은 뒤 홍천에 주둔한 미군 부대에 배속되었다. 아버지가 분대장이었는데, 삼촌도 같은 분대에서 복무했다. 한국 군대에서는 형제를 같은 부대에 배속하지 않는다고 한다. 형제가 한꺼번에 희생되는 걸 막기 위한 배려였다. 그런데 삼촌이 떼를 쓰는 바람에 어쩔 수 없이 형제가 같은 분대에 배속되었다. 이번 휴가도 사실은 아버지에게 내려진 포상휴가였다. 삼촌이 식음을 전폐하고 우는 바람에 아버지가 상관에게 부탁하여 삼촌이 대신 휴가 나온 것이다.

어머니와 나의 불행은 여기에서 시작되었다. 삼촌이 휴가 나온 지 삼 일째 되던 날, 미군 헌병 지프가 요란하게 사이렌을 울리며 마을에 들이닥쳤다. 잠시 뒤 그 미군 헌병 지프가 우리 집 대문 앞에 멈췄다. 미군 헌병과 함께 온 한국인 통역관이 대뜸 삼촌을 찾더니, 형님이 부상 당했다며 함께 가자고 했다. 놀란 가족들이 얼마나 다쳤는지 물었으나 통역관은 가벼운 부상이라고만 했다. 가벼운 부상인데 그 먼 곳에서 사람을 데리러 올 리 없다며 할머니가 계속 매달렸지만, 통역관은 더 이상 말하지 않았다.

이렇게 하여 삼촌은 미군 헌병 지프에 타고 다시 부대로 돌아갔다. 우리 집에서 강원도 홍천까지는 자동차로 간다고 해도 전시였던 당시 길 사정으로 보면 하루 종일 달려가야 하는 먼 거리다. 그 먼 곳에서 사람을 데리러 왔다면 예삿일이 아니라며, 할머니는 정화수를 떠서 손이 닳도록 아들이 무사하길 빌었다. 집안은 마치 폭격을 맞은 것 같았다. 누구 하나 이 일에 대해 먼저 입을 여는 사람이 없었다. 결과를 미리 알고 있기나 한 듯 모두 반쯤 얼이 나간 채 삼촌이 돌아오기만을 초조하게 기다렸다.

"대단한 빽이야. 지금이 어느 땐데, 전방에서 여기까지 헌병 지프를 보내다니. 둘째놈 휴가 나올 때 알아봤네. 한국군이라면 어림도 없는 일이지. 우리 아들은 어디서 죽었는지 살았는지 소식도 없는데…."

영문을 모르는 마을 사람들은 무슨 큰 경사라도 난 것처럼, 그 와중에도 할아버지와 할머니께 칭찬이 자자했다. 그들 말도 일리가 있었다. 전쟁 막바지라고는 하지만 전선에서는 아직도 치열한 전투가 벌어지고 있었다. 마을 사람들에게는 전장에 나간 장병이 휴가를 나온다는 건 상상도 못 하던 일이다.

미군 지프에 함께 타고 부대로 돌아간 삼촌은 이틀 뒤 반죽음이 된 얼굴로 돌아왔다. 할아버지와 할머니가 걱정되어 묻는데도 삼촌은 입을 굳게 다문 채 식음을 전폐하고 계속 토하기만 했다. 뭔가 사단이 나도 단단히 났다며 가족들은 서로 눈치를 보며 삼촌이 입을 열기를 기다렸다. 그렇게 남은 휴가 기간 이틀이 다 지나간 뒤, 삼촌은 느닷없이 군복과 함께 총과 철모를 뒷마당에 파묻었다. 할아버지가 놀라 맨발로 달려가 말렸지만, 삼촌은 할아버지의 손을 뿌리치며 군장을 모두 땅에 파묻어 버렸다. 그러고 나서야 삼촌은 할아버지에게 처음으로 입을 열었다.

"형님이… 죽었습니다."

"뭐라고?"

"형님이 죽었다고요!"

그 말을 듣고 할아버지와 할머니는 자지러지며 뒤로 넘어졌다. 부엌에서 설거지하던 어머니도 들고 있던 사발을 내동댕이치며 밖으로 달려 나왔다.

"삼촌, 지금 뭐라고 했어요? 애기 아버지가 어떻게 되었다고요?"

어머니도 그 말을 하고는 바로 혼절해 버렸다. 놀란 고모들이 바가지에 찬물을 퍼 와서 어머니의 얼굴에 뿌리는 등 한바탕 야단법석이 일었다.

상황은 이랬다. 그날 자정 무렵에 후퇴하던 중공군이 미군 부대를 기습했고, 잠결에 공격을 당한 부대원들은 황급히 무기를 챙겨 대응했다. 다음 날 오전까지 벌어진 치열한 전투 끝에 중공군을 격퇴하였지만, 기습 공격을 당한 아군의 희생도 컸다. 이 와중에 아버지가 전사했다. 미군 헌병은 이 사실을 알리기 위해 휴가 나간 삼촌을 소환했고, 가족들의 동요를 막기 위해 부상했다고 거짓말을 한 것이다. 중공군의 수류탄 공격으로 전사한 아버지의 시신을 확인한 삼촌은 놀란 나머지 남은 휴가를 마치기 위해 돌아와서는 그렇게 군장을 땅에 묻어 버리고 귀대하지 않았다.

그 뒤로 우리 가족은 헌병과 경찰에게 끊임없이

시달림을 당했으며, 삼촌은 한동안 짚 더미와 땅굴 안에서 숨어 지내야 했다. 그러다 휴전이 되었고, 어수선한 사회 분위기를 틈타 뇌물을 주고 삼촌의 탈영 사건은 유야무야 무마되었다.

아버지의 전사로 인한 가족들의 슬픔은 시간이 흐르면서 매서운 칼날이 되어 어머니를 향했다. 청도 피난살이 때부터 할머니에게 듣기 시작했던 '서방을 잡아먹을 년'이라는 욕이 이젠 '서방을 잡아먹은 년'으로 바뀌어 남편을 잃고 슬픔 속에 살아가는 어머니를 괴롭혔다. 고모들은 빈둥빈둥 놀리면서 집안일을 몽땅 어머니에게 시켰고, 그것도 모자라 밤에는 길쌈과 바느질감을 한 아름 던져 주어 잠은커녕 갓난아이에게 제때 젖을 물리지도 못했다.

시댁의 홀대를 견디다 못한 어머니는 어느 날 새벽에 백일을 갓 넘긴 나를 업고 집을 나왔다. 숟가락 하나도 챙기지 못한 채 입은 옷차림 그대로 나온 어머니는 갈 곳이 없었다. 출가외인이라 친정으로 갈 생각은 하지 않았다. 생각 끝에 대처인 부산으로 가면 굶어 죽지는 않을 거라는 희망으로 일단 면소재지에 있는 기차역으로 갔다. 표를 살 돈이 없어 몰래 기차를 타기 위해 플랫폼에서 가까운 철길 옆 울타리에 몸을 숨기고 기차가 오기를 기다렸다. 하지만 어머니는 기차를 타지 못했다. 아무래도 친정어머니에게만은 소식을 전하고 가야 도리일 것 같아 발길을 돌려 친정으로 향했다.

"새파랗게 젊은 것이 핏덩이를 업고 일가친척 하나 없는 낯선 곳에서 어떻게 살려고 하냐. 어렵더라도 여기서 함께 지내자."

외할머니는 어머니를 붙잡고 한사코 떠나지 못하게 했다. 외가도 넉넉한 살림은 아니었다. 식구는 많은데 가진 농토가 적어 외할아버지가 이웃의 밭을 경작하여 받아오는 품삯으로 겨우 끼니를 해결하는 형편이었다. 그래서 '입 하나 던다' 하며 어머니를 어린 나이에 시집보냈다. 그 바람에 어머니는 걸핏하면 할머니로부터 "쌀 한 가마니를 주고 데리고 온 년"이란 소리를 들어야 했다. 결혼할 때

외가에서 혼수로 쌀 한 가마니를 받았기 때문이다.

이런 외가에 얹혀살 수 없어 우리 모자는 외할머니 친구네 집 문간방 하나를 무상으로 얻어 독립 생활을 시작했다. 외가에서 냄비와 밥그릇을 얻어 오고, 이부자리는 동네 사람들이 주었다. 우리도 외할아버지처럼 어머니가 품앗이 일을 해서 구해 온 식량으로 그날그날을 연명했다. 겨우 거지 신세만 면한 살림살이였지만 어머니는 허리를 졸라 가며 조금씩 곡식을 모았다.

약간의 밑돈이 모이자, 어머니는 방물장사를 시작했다. 대구 서문시장에서 바늘과 실 등 일용품을 사와 머리에 이고 시골 구석구석을 돌아다니며 팔았다. 등에는 나를 업고 머리에는 무거운 짐을 인 채 하루 수십 리 길을 걸었다. 돈이 없는 시골 사람들은 물건값으로 곡식을 주었다. 그래서 물건이 많이 팔리면 팔릴수록 머리에 인 곡물 자루는 점점 더 무거워졌다. 그렇게 돌아다니다가 해가 지면 들녘 밭둑 아래나 동구 밖 짚 더미 옆에서 웅크리고 잤고, 운이 좋은 날은 어느 집 헛간을 빌려 겨우 밤이슬을 피하며 잤다. 여름날 모기가 극성을 부리면 어머니는 어린 나를 모기가 물지 못하게 속곳 속에 집어넣고 잤다. 방물장사가 어머니에게는 말할 수 없이 힘들었겠지만, 그 덕분에 우리의 형편은 조금씩 나아졌다. 얼마 뒤에는 방물장수에서 비단장수로 바뀌었다. 비단이 방물보다 이문이 훨씬 더 컸다. 하지만 어머니는 그만큼 더 힘들었다. 방물에 비해 비단이 더 무거웠고, 값이 나가는 물품이다 보니 팔릴 때마다 곡물의 무게도 훨씬 더 무거워졌다.

내가 다섯 살 나던 해 읍내에 수산장授産場이라는 게 세워졌다. 군내 각 면에서 전쟁미망인 한 명씩을 뽑아 합숙하며 편물과 바느질을 가르쳐 자립시키는 곳이었다. 미국의 원조를 받는 종교기관에서 운영했다. 어머니가 우리 면 대표로 뽑혀 나는 어머니와 함께 수산장으로 들어갔다. 작은 읍내이긴 하지만 우리가 살던 시골보다는 훨씬 큰 대처 생활이 시작되었다. 각 면에서 선발되어 온 전쟁미망인 열일곱 명은 방 하나에 두 사람씩 짝을 이루어 함께 살았다. 그중 아이가 딸린 사람은 우리를 포함하여 세 명밖에 없었다. 아이를 시댁이나 친정에 맡겨 두고 온 사람도 있었지만, 대부분 신혼 초에 남편이 전사하는 바람에 자식이 없었다. 이때문에 방을 배정할 때 시끄러운 일이 발생하기도 했다. 자식이 없는 사람들이 아이 딸린 사람과 같은 방을 쓰지 않으려 한 것이다. 우여곡절 끝에 몇 사람이 양보하여 이 문제는 일단락되었다.

이곳에 모인 전쟁미망인들은 우리 어머니처럼 모두 이십 대 초반이었다. 혈기 왕성하고 철없는 나이여서 그런지 매일 싸움이 벌어졌다. 이유는 사소했다. 미국에서 보내온 구호물자를 놓고 서로 좋은 걸 차지하려고 싸우거나, 소지품이 없어졌다고 남의 방을 뒤지는 바람에 몸싸움으로 번지기도 했다. 가끔은 화장을 짙게 한다고 흉을 보다가 싸우는 일도 있었다. 그러다가 한 미망인이 밤에 몰래 무단 외출하여 남자를 만난 사건이 발생했다. 아무도 모르는 일인데 소문이 밖으로 새 나갔다며 자기 방 짝의 머리채를 잡고 격렬하게 싸우는 바람에 원장까지 알게 되었다. 젊은 미망인들이 모여 집단 생활하는 곳이라 이런 소문은 치명적이다. 그래서 본보기로 당사자는 다음날 곧바로 퇴소당하고, 후임자가 새로 들어왔다. 아이들 때문에 다툼이 일어나는 일도 잦았다. 아이가 없는 미망인들은 한창 말썽을 피울 나이인 아이들을 이해하지 못했다. 조금만 떠들어도 야단쳤고, 좀 심하게 야단치다가 어른 싸움으로 번지기도 했다. 아이 문제는 날이 갈수록 심각해졌다. 아이가 없는 미망인들은 도저히 아이가 딸린 사람과 함께 살 수 없다며 방을 바꿔달라고 항의했다.

이 문제를 해결하기 위해 군수까지 나섰다. 수산장 운영에 깊이 관여하던 교회 장로와 함께 온 군수는 아이가 딸린 미망인들을 모아놓고 설명했다. 읍내에 전쟁고아들을 돌보는 '충애보육원'이 생겼다는 것이다. 그곳에 가면 중·고등학교까지 공부시켜 준다며 아이를 충애보육원으로 보내라고 권했다. 부모가 모두 없는 고아들만 들어갈 수 있는데, 수산장에 사는 전쟁미망인들에게는 특혜를

쥐서 어머니가 있어도 아이를 받아주기로 했다며 설득했다. 그리고 고등학교를 마치면 어머니가 데려갈 수 있다고 했다. 다른 건 몰라도 중·고등학교를 무상으로 교육시켜 준다는 말에 미망인들의 마음이 움직였다.

이리하여 수산장에서 함께 지내던 아이들 세 명은 이튿날 모두 자기 어머니의 손을 잡고 충애보육원으로 갔다. 보육원은 읍내 북쪽 변두리의 교회 옆에 있었다. 허허벌판에다 아직도 흙벽돌을 찍어 계속 건물을 짓는 중이어서 몹시 어수선했다. 먼저 교회에서 예배를 보며 입소식을 했다. 입소식이 끝나자 함께 보육원 식당에서 떡국으로 저녁을 먹은 뒤 아이들은 어머니와 헤어져야 했다.

그날 밤, 처음으로 어머니의 품을 떠나 낯선 형들과 자게 된 나는 어머니를 못 만난다는 두려움 때문에 잠을 잘 수가 없었다. 이튿날 날이 밝자마자 나는 함께 간 아이들을 꼬드겨 같이 수산장으로 돌아와 버렸다.

어머니는 나를 보자 반가워하기는커녕 "사내자

식이 그것도 못 참으면 장래에 뭐가 될래!" 하며 무섭게 야단을 쳤다. 나는 다시 어머니의 손에 끌려 충애보육원으로 돌아가야 했다. 나와 함께 수산장으로 되돌아온 두 아이는 끝까지 버티는 바람에 그대로 자기 어머니 곁에 눌러앉았다. 혼자 충애보육원으로 돌아가면서 나는 처음으로 우리 어머니가 모질고 무서운 사람이라는 생각을 했다.

이렇게 하여 나는 고아 아닌 고아가 되어 보육원에서 생활하게 되었다. 말이 보육원이지 이건 노예나 다름없는 생활이었다. 작은 온돌방 하나에 열 명 정도 함께 생활했다. 나처럼 유치원에 다닐 나이의 아이에서 중·고등학교에 다니는 형들도 있었다. 나이 많은 형이 방장이었는데, 청소에서부터 땔감을 주워오는 일 등을 진두지휘했다. 그 형의 말을 듣지 않으면 벌을 받는다. 벌은 경중에 따라 밥 몇 숟가락을 형들에게 덜어 주는 것이다. 말하자면 자기 밥그릇의 밥을 뺏겨야 한다. 밤에 잘 때도 형들은 제일 따뜻한 아랫목에서 자고, 나이 어린 나는 가장자리 문 옆에서 추위에 떨며 자야 했다. 덮고 자던 군용 솜이불도 자다 보면 형들이 가져가고 없었다. 하루 일과는 시간표에 따라 움직인다. 아침에 눈 뜨면 체조하고, 교회에 가서 예배를 본다. 그러고 나서 형들은 학교에 가고, 어린 우리들은 흙벽돌을 찍고 나르는 일을 돕거나 청소를 했다. 하루 종일 쉬지 않고 일하다가 오후 늦게 형들이 학교에서 돌아오면, 이번엔 땔감을 주우러 들판을 돌아다녔다. 군불을 지피는 땔감은 스스로 해결해야 했다. 땔감을 적게 주워 오면 형들에게 밥을 뺏긴다. 그래서 어둠살이 내릴 때까지 들판을 헤맸다. 식사는 주로 미국에서 원조받은 옥수수가루로 만든 떡국이나 죽을 먹었고, 밥은 하루 한 끼 깡보리밥 한 공기씩을 주었다. 그나마 이 식사를 뺏기지 않으려면 형들의 말을 잘 들어야 한다.

충애보유원에서 지낸 지 일 년이 막 지났을 무렵, 어떻게 알았는지 할머니와 큰고모가 나를 찾아왔다. 어머니에게 알리지도 않은 채 할머니와 큰고모는 보육원 원장에게 거칠게 항의한 뒤 나를 할아버지 댁으로 데려가 버렸다. 어머니 품에 안겨 할아버지 댁을 나온 뒤 여섯 살이 되어 혼자 할아버지 댁으로 들어간 것이다.

어머니와 연락이 두절 된 채 나는 할아버지 댁에서 생활했다. 이곳에서도 그다지 좋은 대접을 받지는 못했다. 탈영했던 삼촌은 장가를 가서 나보다 한 살 어린 사촌 동생이 있었다. 할아버지와 할머니는 그 사촌 동생을 끔찍이 생각했는데, 내게는 주워 온 아이처럼 대했다. 나는 매일 들에 나가 소먹이 꼴을 한 망태기씩 베어 와야 했지만, 사촌 동생은 집에서 장난치며 놀아도 아무도 야단치는 사람이 없었다.

이듬해, 아직 학교에 갈 나이도 안 된 나는 큰고모의 손에 이끌려 십여 리 떨어져 있는 시골 초등학교에 입학했다. 또래보다 한 해 먼저 입학해서 모든 게 서툴렀고, 집에서 학용품도 사 주지 않아 학교에서 무상으로 주는 교과서만 들고 다니며 공부했다. 보다 못한 담임선생님이 공책과 연필을 주면서 어머니를 학교에 모시고 오라고 했다. 어머니에게 어떻게 가야 하는지 몰라, 할머니에게 선생님의 이 말을 전했다가 호되게 야단맞았다. 어머니를 데려가지 않자 선생님이 직접 우리 집을 방문했다. 그러고 나서 며칠 뒤 읍내에 있던 어머니가 나를 데리러 왔다. 알고 보니, 선생님이 읍내 여고에 다니는 자기 여동생을 시켜 어머니에게 나를 데려가라고 했던 것이다. 그때까지 어머니는 내가 충애보육원에서 무탈하게 잘 지내는 줄로만 알고 있었다. 이렇게 하여 어머니의 손에 끌려 나는 다시 수산장으로 돌아왔다.

나는 지금 당시의 할아버지 나이가 되어서 이 집을 다시 찾았다. 내가 내 발로 이 집을 찾아왔다는 건, 나를 이 집에서 데리고 나간 어머니가 이제 이 세상에 안 계신다는 의미도 된다. 어느 해 설날, 이웃 어른들께 세배하고 와서 넌지시 어머니에게 "우리 할아버지와 할머니한테도 세배드리러 가야 하지 않아요?"라고 물었다가 혼쭐나게 야단맞았다. 어머니는 단호하게 "내 눈에 흙이 들어가기 전에는 안 된다. 앞으로 그런 말 입 밖에도 내지 말

거라." 하며 나를 무섭게 노려보았다. 그 이후 나는 어머니 앞에서 할아버지와 할머니에 관한 이야기를 한 번도 꺼낸 적이 없다.

어머니가 시댁에 대해 이토록 벽을 쌓은 데는 여러 가지 이유가 복합적으로 얽혀 있다. '남편을 잡아먹은 년'이란 소리까지 들으며 온갖 홀대를 받다가 젖먹이를 업고 도망치다시피 시댁을 나온 것도 그렇지만, 품앗이 일과 방물장사를 하며 고생할 때 시댁으로부터 쌀 한 톨 얻어먹지 못한 것도 깊은 한으로 응어리져 있었다. 결정적인 이유가 또 있다. 읍내 수산장에서 살 때 할아버지가 아버지의 전사통지서를 가지러 온 적이 있다. 면사무소에서 전사자 가족에게 위문품으로 무명천 한 필과 쌀 한 말을 주었는데, 그걸 받으려면 전사통지서가 필요했던 것이다. 이 때문에 할아버지와 어머니는 언성을 높이며 다투었다.

"그걸 왜 아버님이 받으려 하세요? 나라에서도 시댁에서도 지금껏 우리 모자를 나 몰라라 했는데, 그건 우리 모자가 받아야 하는 거 아닙니까?"

"쓸데없는 소리 하지 말고 이리 내놔라! 내 아들 목숨과 바꾼 쪼가리다. 면에서 물건을 받으면 너 줄 테니, 그 종이는 이제 내가 가지고 있어야겠다."

이렇게 밀고 당기다가 어머니는 결국 전사통지서를 할아버지에게 내주었다. 아들 잃은 부모의 심정을 이해하고 양보한 것이다. 어머니는 전사한 아들 대신 그 종이나마 지니고 싶어 하는 노인에게 더 이상 거절할 수가 없었다고 했다.

전사통지서를 들고 면사무소를 찾아갔지만, 할아버지는 물품을 받지 못했다. 미망인이 1순위, 자녀가 2순위, 부모는 3순위 수령자라며 할아버지에게 물품을 내주지 않았던 것이다. 어쩔 수 없이 어머니를 대동하고 면사무소에 가서야 물품을 받아낸 할아버지는 무명천만 어머니에게 주고 쌀은 가지고 가 버렸다. 물론 전사통지서도 어머니에게 돌려주지 않았다.

이것이 나중에 큰 문제를 만들었다. 내가 초등학교 5학년 때 5·16혁명이 일어났다. 원호청이 생기면서 한국전쟁에서 희생한 장병 가족들에게 처음으로 국가 차원의 정기적인 보상이 시작되었다. 면사무소에서 전사통지서를 가지고 와서 원호가족 신청을 하라는 통지가 왔다. 그런데 오 년 전 어머니에게서 받아 간 그 전사통지서를 할아버지가 담배쌈지에 넣고 다니다가 그만 잃어버렸다. 전사통지서가 없으면 원호가족으로 등록할 수가 없다. 전사한 사실을 이웃이 증명한다고 사정했으나, 면사무소에서는 안 된다며 병무청에 가서 전사확인서를 재발급받아 오라고 했다. 곧장 대구에 있는 병무청을 찾아갔으나, 그곳에는 아버지의 전사 기록이 없었다.

어머니는 억장이 무너졌다. 전사통지서를 잃어버렸으니, 남편을 두 번 잃은 거라며 집으로 돌아온 어머니는 목 놓아 울었다. 정신을 추스른 어머니는 며칠 뒤 서울에 있는 국방부를 찾아갔다. 하지만 그곳에서도 아버지의 전사 기록을 찾지 못했다. 담당 직원은 아버지가 미군 부대에서 복무했기에 기록이 누락되었을 수 있으며, 당시에는 치열한 전투 중이라 서류를 제대로 정리하지 못한 채 소속

부대장이 전사통지서만 보낸 경우도 많다고 했다. 그러면서 잃어버린 전사통지서를 찾거나 당시 함께 복무했던 전우 열 명 이상의 증언을 받아오라고 했다.

어머니는 그 길로 큰삼촌을 찾아가 함께 복무했던 전우들의 신상을 알려달라고 했으나, 삼촌은 협조해 주지 않았다. 처음에는 이 일로 전시에 탈영한 사실이 새삼 불거질까 봐 삼촌이 걱정하는 줄 알았다. 사실은 이보다도 더 큰 사건, 삼촌이 평생 혼자 가슴에 묻고 가야 할 엄청난 비밀이 탄로 날까 봐 두려워했던 것이다. 당시 삼촌이 아버지 대신 휴가를 나오는 바람에 아버지가 전사했다는 사실이 우리에게 밝혀지기 때문이다. 어머니와 나는 그러한 사실을 전혀 모르고 있었다. 어머니는 며칠을 삼촌댁에 머물며 불쌍한 조카를 위해서라도 협조해 달라고 사정사정하여 아버지의 전우 열 명의 이름을 받아냈다.

겨우 이름과 고향만 알았을 뿐, 그분들이 어디에서 무엇을 하는지는 알지 못했다. 어머니는 전국 각지에 흩어져 사는 아버지의 옛 전우들을 찾아 나섰다. 행방을 알기 위해 먼저 그분들 고향을 찾아갔고, 거기에서 현재 살고 있는 주소를 알아내 물어물어 찾아다녔다. 지금처럼 전화와 교통이 편리하던 시절도 아니었다. 주소 하나만 들고 사람을 찾는 건 '서울에서 김 서방 찾기'만큼이나 힘든 일이었다. 이렇게 전국을 헤맨 지 칠 개월여 만에 어머니는 마침내 아버지의 옛 전우 열 명으로부터 당시 전투 상황과 아버지의 전사한 모습까지 생생한 증언을 받아냈다. 세상을 떠난 분들도 있어서 추가로 전우 명단을 확보해서 또 찾아 나서기도 했다. 그렇게 해서 받아낸 증언을 들고 국방부로 가서 무사히 아버지의 전사자 등록을 마쳤다.

어머니가 이 일을 끝까지 해낸 건 몇 푼 안 되는 연금을 받기 위해서가 아니었다. 나라를 위해 목숨을 바친 아버지의 명예를 회복하는 일이고, 동시에 하나뿐인 아들의 장래를 위한 일이었기 때문이다. 원호청에 보훈가족으로 등록해야 학비 보조금을 받으며 중·고등학교를 무상으로 다닐 수 있었다. 공부를 시키려고 어머니는 어린 나를 충애보육원에 보내기까지 했었다. 당시 형편으로는 중·고등학교에 보내는 일도 버겁던 시절이었다.

이것이 할아버지 댁과 벽을 쌓은 결정적 이유였다. 전우들을 찾아가 전사 입증서를 받던 중 아버지가 삼촌 대신에 전사했다는 사실을 처음으로 알게 된 어머니는 친가와 더 높은 장벽을 쌓았다. 그런 저간의 사정을 숨기고 우리 모자를 돌보지 않은 친가 사람들이 남보다 못하다고 생각했다. 어머니는 방물장사를 하며 거지처럼 돌아다닌 일이 그렇게 서러울 수 없다며, 내게 "내 눈에 흙이 들어가기 전엔 친가에 발걸음해선 안 된다." 하며 단호하게 말했다. 내가 아버지의 전사 당시 상황을 소상히 알고 있는 것도 바로 이 증언 때문이다. 어머니는 아버지의 전우로부터 받아낸 증언을 한 부 더 복사하여 남겨두었다. 내가 크면 보여주기 위해서였다. 언젠가 무심결에 내가 어머니가 금기시하던 할아버지 이야기를 꺼낸 적 있다. 그러고 나서 며칠 뒤 어머니는 장롱 속 깊숙이 넣어둔 이 입증서를 꺼내 내게 읽어보라고 했다. 어머니는 학교를 다니지 못해 글을 쓸 줄도 읽을 줄도 모른다. 그래서 일일이 대서방에 가서 증언을 대필해야 했다. 대서방도 관공서가 있는 대처에나 있어서 증인을 데려가자면 수고비와 교통비를 부담해야 했다. 그러니 사람을 찾느라 고생한 일도 벅찼지만, 대필 비용을 마련하느라 빚을 내는 통에 몇 년 동안 고생하며 갚아야 했다. 나는 그런 어머니의 말을 거역할 수 없었다.

그렇게 완강하던 어머니가 작년에 세상을 떠났다. 임종을 앞둔 어머니에게 나는 이미 돌아가신 할아버지와 할머니, 그 두 분과 화해를 시켜드리고 싶었다. 하늘나라에 가서까지 서로 외면하며 살게 할 수 없었다.

"어머니, 이제 다 내려놓으세요."

희미한 정신 속에서도 에둘러 하는 나의 이 말을 알아들었는지, 어머니는 한참 동안 나를 바라보다가 가쁜 숨을 몰아쉬며 힘없이 말했다.

"할아버지 할머니 산소에… 술 한 잔 따라 드려라. 불효한 죄는… 모두 내가… 가지고 가마."

나는 어머니를 안고 목 놓아 울었다. 슬픔과 함께 서러움이 한꺼번에 복받쳐 올랐다. 내려놓고 나면 다 아무것도 아닌 것을, 왜 이토록 이분들에게 한세상을 무거운 짐을 진 채 살게 했을까. 참담하기도 했다.

　어머니를 여읜 슬픔이 가시자, 이 엄청난 줄다리기를 끝낸 허망함이 나를 괴롭혔다. 줄다리기는 어느 한쪽이 쓰러져야 끝이 난다. 서로 팽팽하게 줄을 당기고 있을 때는 이기고 지는 사람 없이 모두 힘이 솟는다. 게임이 끝나고 나서야 이긴 이도 진 이도 함께 쓰러진다는 걸 비로소 깨닫는다. 한쪽이 줄을 놓으면 모두 쓰러지는 게 줄다리기다. 그래서 이기고 진 사람이 없다. 모두 세상을 떠나고 난 이 순간, 내겐 그렇게 모두 쓰러진 허망한 뒷자리만 남겨져 있었다. 마치 허공에 서 있는 듯한 심정이었다.

　고향 집 대문을 나오다가 나는 걸음을 멈추었다. 대문 안쪽 담벼락 밑에 화분 하나가 놓여 있었다. 들꽃이 소담하게 자라는 화분이 내 시선을 끌었다. 녹슨 철모였다. 나는 발길을 돌려 그 화분 앞에 가 섰다.

관리인이 그런 나를 보고 말했다.

"예쁘지요? 며칠 전에 들에서 캐왔는데, 여기서는 개국화라고 불러요."

"그런데 이 철모는 어디서 났나요?"

"뒤뜰 잡동사니 사이에 뒹굴고 있던 건데, 화분으로 안성맞춤이지 뭡니까."

"원래 이 집에 있던 겁니까?"

"잘은 몰라도 아마 그럴 겁니다. 여긴 전방도 아닌데 녹슨 철모가 돌아다닌다는 게… 아마 누가 들에서 발견하고 엿장수한테 팔려고 주워 왔겠지요."

나는 다시 지나간 먼 세월 속으로 달려갔다. 충애보육원에서 할머니와 고모 손에 끌려 할아버지 댁으로 왔을 때다. 섣달그믐께라 들판에는 하얀 눈이 소복이 덮여 있었다. 방 안에서 마주친 할아버지 앞에 철모로 만든 화로가 있었다. 철모의 정수

리를 움푹 들어가게 눌러 안정감 있게 하여 화로로
쓰고 있었다. 할아버지는 긴 담뱃대를 그 철모 화
롯불에 대고 불을 붙이고 나서 불이 사그라지지 않
게 부삽으로 재를 정성스레 다진 뒤 그 위에 불돌
을 올려놓았다. 나는 할아버지보다 그 철모에 더
관심이 갔다. 그래서 할아버지에게 인사하는 것도
잊고 철모 화로를 가리키며 "이게 뭐예요?" 하고
물었다. 할아버지는 나를 노려보다가 "이게 너 애
비다." 하더니 세차게 담배를 뻑뻑 빨아대었다. 그
러고는 조금 전에 다져놓은 걸 잊어버린 듯 한참
동안 다시 화롯불을 다졌다. 할아버지의 말뜻을 알
아듣지 못해 궁금했지만, 할아버지가 나를 살갑게
대하지 않아 더 물어볼 수 없었다. 오랜 세월이 지
난 뒤 어느 날 문득 할아버지가 한 이 말이 생각나
어머니에게 물었다가 뜻밖의 사실을 알았다. 아버
지의 시신을 확인한 삼촌은 얼마나 제정신이 아니
었으면 아버지의 철모를 자기 철모인 줄 알고 바꿔
쓰고 왔다. 미군 검시관이 형님의 유일한 유품이라
며 삼촌에게 건네준 하사 계급장이 붙은 아버지의

철모를 쓰고 온 것이다. 총과 함께 땅에 파묻었던 바로 그 철모를 할아버지는 화로로 사용했다.

나는 화분을 들고 밑을 확인했다. 정수리가 움푹 들어가 있었다. 할아버지가 사용하던 그 화로가 틀림없다는 확신이 들었다. 제실 관리인 말처럼, 전방도 아닌 이 평화로운 시골에서 철모를 보는 건 흔한 일이 아니다. "이게 너 애비다"라고 하던 할아버지 말이 환청처럼 들렸다. 그때 할아버지는 이 말을 하고서 세차게 담뱃대를 빨아대었다. 왜 그랬을까? 아들의 유품이라 생각했다면 고이 보관했을 텐데, 왜 뜨거운 불을 담는 화로로 사용했을까. 할아버지의 심정을 알 길이 없다. 부모보다 앞서 세상을 뜬 자식에 대한 원망이었을까? 아니면 죽은 자식에게 뜨거운 생명을 불어넣고 싶었을까? 새삼스레 할아버지의 그런 행동에 대해 깊은 의문이 들었다.

오랜 세월 뜨거운 불덩이를 담고 있다가, 다시 차갑게 식은 채 내버려졌던 녹슨 철모는 이제 따뜻한 손길을 만나 꽃향기를 피우고 있다. 그런 생각을 하다 나는 멈칫했다. '혹시 나를 기다리고 있었던 건 아닐까?' 마치 아버지의 환생을 보는 듯했다. 한참 동안 꿈속에 있는 것처럼 나는 그렇게 철모 화분을 바라보며 서 있었다.

"꽃이 맘에 드시오?"

나는 관리인의 말을 듣지 못했다. 들꽃에서 진한 향기가 배어나와 내 전신을 휘감아 왔다. 허리를 굽히고 얼굴을 꽃 가까이 가져갔다. 한동안 그러고 있다가 관리인에게 말했다.

"이 화분, 내게 팔지 않겠습니까?"

"네에?"

"한번 키워 보고 싶네요."

"에이, 이 개국화는 들에 지천으로 피어 있어요. 팔기는 뭐. 그냥 가져가요. 버리려던 건데⋯."

나는 술값이라도 하라며, 받지 않으려는 제실 관리인의 손에 돈을 조금 쥐어주었다. 녹이 많이 슬어 이미 한쪽 귀퉁이가 삭아 부서지고 있는 철모 화분을 신문지로 조심스럽게 싸서 가슴에 안았다.

마을을 거의 빠져나왔을 때, 나는 잠시 걸음을

멈추고 뒤돌아보았다. 어쩌면 이 마을을 보는 것도 이게 마지막일지 모른다. 할아버지가 소를 몰며 쟁기질하던 언덕배기 밭에 유난히 많은 아지랑이가 피어오른다.

인디고 블루와 그바트르블루, 사라진 계

희부연 안개 사이를 빠져나온 푸른빛 아침 햇살이 창문을 뚫고 방 안 깊숙이 들어왔다. 막 잠에서 깬 피카소는 햇살을 피해 돌아누우며 몸을 웅크렸다. 그 바람에 놀란 침대 스프링이 비명을 지르며 세차게 흔들린다. 그는 아직 잠이 덜 깬 상태다. 등을 돌렸지만 푸른 빛이 여전히 ㄱ 모양으로 꺾인 그의 등에 강렬하게 투사한다. 더욱 몸을 웅크리며 시트를 잡아당겨 번데기 모양으로 둘둘 감아 보지만 그는 빛을 피하지 못한다. 소금기에 전 바르셀로나의 햇살은 유난히 강렬하다. "끙!" 하는 소리와 함께 그는 거친 몸짓으로 시트를 걷어 젖혔다.

눈썹차양으로 햇빛을 가린 채 잠시 침대 모서리에 걸터앉아 잠을 털어내던 피카소는 벌떡 일어나 이젤 앞으로 걸어갔다. 발가벗은 채다. 이젤에 올려놓은 캔버스에 웅크린 여자 누드 스케치가 그려져 있다. 지금 발가벗고 이젤 앞에 웅크리고 앉은 그와 많이 닮았다. 스케치를 뚫어지게 바라보던 그는 미친 듯 인디고블루와 코발트블루로 그 스케치를 지워버린다. 짜증 난 행동 같은데 그의 표정은 그리 나빠 보이지 않는다. 아, 지운 게 아니라 그는 새로운 작업을 위해 바탕색을 만들었다.

웅크린 여자의 누드가 사라지고 캔버스에는 푸른색 안개가 음울하게 깔렸다. 캔버스 한쪽 모퉁이에 햇살이 매달리듯 걸려 있다. 깨진 유리 조각처럼 매달려 있던 햇살이 떨어져 나갈 즈음 캔버스를 응시하던 피카소의 입가에 가벼운 미소가 번진다.

그림을 그리는가 했는데 피카소는 붓을 쥔 채 빠른 걸음으로 책상 앞으로 가더니 편지를 쓴다. 얼마 전에 세상을 떠난 친구 카사헤마스에게 보내는 편지다.

오, 나의 영원한 친구 카사헤마스. 그곳에도 그대가 사랑하는 여인이 있을 테지? 그리 급히 떠난 걸 보면 분명 자네를 불태울 사랑이 그곳에 있는 게 틀림없네. 당분간 난 파리에 안 갈 작정이네. 바르셀로나의 햇살이 여인의 정열보다 더 뜨겁거든.

방금 멋진 작품 하나 떠올렸네. 제목도 이미 생각해 두었지. 「The Blind Man's Meal(맹인의 식사)」, 어떤가 이 제목? 이 사내가 누구인지는 묻지 말게. 다 알면 재미없지 않은가. 빵 한 덩이 포도주 한 병, 비록 보기에는 초라할지 모르나 이 사내는 곧 이 세상에서 가장 맛있고 멋진 식사를 할 걸세. 그는 눈을 감고 식사하거든. 아, 참. 사내 옆에 개 한 마리가 있네. 이 개가 사내의 유일한 친구이자 세상을 보는 눈일세. 이만하면 외롭지는 않겠지? 내가 그대를 친구로 둔 것처럼 말이야. 이 그림을 제일 잘 사랑할 사람도 역시 그대야. 그 이유를 방금 알았어. 그림이 완성되기도 전에 이 작품을 본 유일한 관객은 나와 그대뿐일세. 이제 그대는 그녀와 황홀하게 사랑이나 하고 있게나. 그 뜨거운 사랑이 식기 전에 나는 이 그림을 완성할 거야.

　　　　　　　　　—'꿈꾸는 여인'의 남자 피카소

편지를 접어 봉투에 넣고 밀봉한 뒤 피카소는

다시 이젤 앞에 앉았다. 오일이 증발한 인디고블루와 코발트블루 위로 사라졌던 웅크린 여인의 누드가 희미하게 비친다. 그는 인디고블루를 한 번 더 칠해 짙은 구름 하나를 만들었다. 그제야 웅크린 여인의 누드가 사라졌다. 그 구름 위에 식사하는 맹인 남자를 앉힐 작정이다. 앞을 보지 못하는 이 사내에게 어떤 식사가 어울릴까. 이 사내에게 세상에서 가장 멋진 식사를 차려주고 싶었다. 그는 가장 행복했던 때를 떠올려본다. 초라하지만 행복할 때 먹은 식사가 가장 우아했다. 행복한 식사와 맛있는 식사는 음식이 아니라 먹는 사람의 기분에서 만들어지는 관념어다. 몽마르트르 라비앙가街 13번지 '바토 라보아르(세탁선)'라 불리던 집, 좁디좁은 방에서 그와 동거했던 시인 막스 자코브가 바토 라보아르라고 부르기 시작한 게 이 건물 이름이 되었다. 닭장 같은 아틀리에가 30개나 들어있는 건물이지만 수도꼭지는 겨우 하나밖에 없다. 쓰레기와 악취가 뒹굴고 가난한 시인과 음악가와 화가와 삼류가수의 한숨이 뒤섞여 쏟아지던 바토 라보아르,

비록 가진 건 없지만 대신 그곳에는 자유와 예술이 불타올랐다. 막스 자코브·기욤 아폴리네르·아메데오 모딜리아니·앙리 마티스·장 콕토도 있었다. 아, 페르낭드 올리비에도 있었지.

22살에 바토 라보아르 앞에서 우연히 만난 그녀를 떠올리자, 그의 입가에 웃음이 흐른다. 그림이 잘 안될 때나 시상詩想이 떠오르지 않을 때 그는 그녀에게 옷을 벗게 했다. 그녀는 기꺼이 그의 모델이 되어주었으며 그림이 잘 안 그려질 때는 그의 애인이 되어주기도 했다. 가난도 무한한 행복을 만들어줄 수 있다는 걸 그는 파리의 바토 라보아르에서 깨달았다. 거기에서는 보이지 않는 사물을 볼 수 있었으며 들리지 않는 음악도 들을 수 있었다. 눈을 감고도 세상을 보았으며 숨 쉬는 사람들의 가슴안도 들여다볼 수 있었다. 눈을 감고 있었기에 그런 일이 가능했다.

잠시 생각을 정리한 뒤 피카소는 재빨리 붓을 들었다. 이번에는 스케치 대신 머릿속에 그린 밑그림을 곧장 연한 코발트블루로 캔버스에 그리기 시작했다. 빵 한 덩이 포도주 한 병을 식탁 위에 올려놓을 참이다. 여기에 바르셀로나의 그 강렬한 햇살한 점을 올리면 이 사내에게는 더없이 훌륭한 성찬이 될 것이다. 마지막으로 이 앞 못 보는 사내 옆에 개 한 마리를 앉혀놓는다. 그의 붓끝이 춤추듯 움직인다.

한나절이 흘러갔다. 점심도 거른 채 피카소는 그림 그리기에 몰두했다. 기분 좋은 날에는 하루 세 점 그릴 때도 있었다. 오늘이 그런 날 같아서 그는 붓을 놓을 수 없었다. 안 그려지는 날을 위해 잘될 때 많이 그려야 한다. 빵 한 덩이 포도주 한 병이라도 자유롭게 행복하게 먹으려면 그림을 그려야 한다. 화상畵商들이 혀를 내두를 정도로 그는 요즘 그림을 파는 데 이력이 나 있다.

그림을 그리던 피카소는 잠시 작업을 중단하고 붓을 세운 채 골똘히 생각에 빠졌다. 그 모습이 흡사 창을 든 돈키호테 같다. 개를 그리다 말고 고민에 빠진 것이다. 바토 라보아르에서 스테이크를 먹는 것 같은 기분이 들자, 그는 그리다 만 개를 과감

하게 인디고블루로 지워버렸다. 그러고 나서 그는
미친 듯이 웃었다. 처음 의도했던 주제가 사라지고
새로운 주제가 떠올랐다. 부활復活, 이 단어를 떠올
리고 그는 빙그레 웃는다. 오직 한 사람, 그분만이
이 역할을 해낼 수 있다. 보지 않음으로써 세상을
보는 눈. 더 낮출 수 없는 이 소박한 최후의 만찬에
예사롭지 않은 이 개는 어울리지 않는다. 다시 그
의 붓이 움직이기 시작했다.

　　여기까지 숨 쉴 틈 없이 노트북 자판을 두드리
던 오민주는 글쓰기를 잠시 중지했다. 생각이 막
힌 게 아니라 손가락이 움직이지 않았다. 마비된
듯 뻣뻣하다. 아픔을 참으며 구부러지지 않는 손가
락을 다른 쪽 손으로 하나하나 조심스레 꺾으며 주
먹을 만들었다. 다시 펴려고 하는데 힘들다. 이번
에는 다른 쪽 손으로 손가락을 하나하나 펴서 겨우
보자기를 만들었다. 그러고는 춤추듯 손가락 끝을
흔들며 아픔을 풀었다. 반대쪽 손도 똑같이 그렇게
했다. 서너 번 그렇게 하고 나니 정상으로 돌아왔

다. 다정도 병인 양하다더니 너무 쉽게 장애가 사라지자, 그녀는 덜컥 겁이 났다. 두 손을 다시 쥐었다 펴보았다. 잘 움직인다. 어설프게 처방하다 손가락 관절과 신경을 모두 망가뜨린 줄 알았다.

다시 노트북 자판에 손을 얹고 손가락을 꼼지락거리면서 다음 이야기를 연결할 첫 단어를 찾던 오민주는 엉뚱한 생각을 했다. 나중에 이 소설을 캔버스로 옮기면 어떤 그림이 나올까? 「맹인의 식사」를 소설로 그렸으니 당연히 피카소의 그림이 나와야 한다. 재미있겠다. 누구에게 시켜볼까. 그녀는 자신이 아는 화가들을 머릿속에 하나하나 호출했다. 소설을 쓰겠다며 열심히 평생교육원 소설창작반에 다니는 한 친구가 떠오른다. 고등학교 때부터 함께 미술학원에 다녔으며 같은 대학교에서 6년을 줄곧 붙어살다시피 함께 그림을 그리며 공부하던 친구다. 붓을 놓은 오민주와 달리 열심히 이름을 날리며 화가로 활동하던 그 친구가 느닷없이 소설을 쓰고 싶다며 지금 소설창작 공부를 한다. 오민주는 곧바로 그녀에게 전화했다.

"소설 공부하지 마. 너 소설가 되는 길을 내가 막 발견했어."

"그래? 그게 뭔데?"

"내가 지금 그림 한 점을 보고 소설을 쓰는 중이거든. 이거 완성하면 네가 이 소설을 다시 그림으로 그려봐. 그러면 넌 소설가가 될 수 있어."

"뭔 소리를 하는지 모르겠다."

"오늘 중으로 완성할게. 네가 이걸 그림으로 그리면 넌 소설 하나를 통째로 삼키는 거야. 네 몸이 소설가가 되었으니 당연히 소설을 쓰겠지?"

이 말을 하고 오민주는 '이게 뭐지?' 하며 통화를 잠시 중단했다. 그림을 삼켰으니 그럼 나는 다시 그림을 그려야 하나? 그녀는 이런 생각을 했다.

"말하다 말고 뭐해?"

"응, 잠깐. 뭐가 좀 꼬인 것 같네. 암튼 그래. 너 소설 쓸 수 있어. 이 소설 완성하면 연락할게. 잘 있어."

오민주는 서둘러 통화를 끝냈다. 뭔가 마무리가 덜 된 듯 찜찜하다. 공연히 전화했다는 후회가 꿈틀거렸다. 안 해도 될 일을 해서 손해 본 듯한 이느낌. 그녀는 다시 노트북 자판에 손을 얹었다. 손가락이 움직이지 않는다. 이번에는 아까 마비됐을 때와 다른 증상이다. 잘 나가던 이야기가 거기서 끊겨버렸다. 엉뚱한 이야기로 생각이 복잡하게 뒤엉켰다. 실마리를 잡기 위해 그녀는 처음부터 소설을 다시 읽어 내려가며 연결고리를 찾았다.

　뉴욕 메트로폴리탄 미술관에 르누아르 특별전이 열리고 있다. 미술관 문을 열기 한 시간 전인데 벌써 입구에 사람들이 잔뜩 몰려있다. 인상파 대표 화가인 르누아르의 유명 작품들은 프랑스 파리에 있는 오르세 미술관이나 루브르 박물관에서 쉬 볼 수 있으며 웬만한 유명 미술관에는 한두 점 소장하고 있어 그의 작품을 보는 게 어려울 정도로 희귀한 일은 아니다. 그러함에도 뉴욕 메트로폴리탄 미술관의 특별전에는 유럽을 비롯하여 미국 각 지역에서 연일 많은 사람이 몰려왔다. 이번 뉴욕 르누아르 특별전은 말 그대로 특별 기획전이다. 여

러 미술관에서 소장하는 작품들은 물론 세계 각지
에 흩어져 있던 개인 소장품들 가운데 중요한 작품
을 한자리에 모아 전시한다. 이런 특별전시회가 아
니면 볼 수 없는 르누아르 작품들이 이번 특별전에
많이 나와 사람들의 관심을 불러 모았다.

르누아르의 작품을 보기 위해 들뜬 마음으로 메
트로폴리탄 미술관 앞에 줄지어 서 있는 사람들과
달리 오민주는 피카소의 그림 한 점을 보기 위해
이 먼 곳까지 왔다. 하얀 점들 사이에 까만 점 하나
가 끼어있는 듯한 기분이다. 이런 오민주의 마음을
알 리 없는 그녀의 여동생은 곁에서 연신 르누아르
를 자랑한다.

화려하고 밝은 색조의 동화 같은 르누아르의 그
림을 전시하는 전시장 한쪽 공간에 음울한 분위기
를 풍기는 피카소의 작품 「맹인의 식사」가 불청객
처럼 걸려 있다. 이 그림을 보기 위해 비싼 항공료
를 지불하며 여기까지 온 오민주와 닮았다. 하얀
점들 사이에 박힌 까만 점 하나. 르누아르 전시관
에는 사람들이 북적이는데 이 그림 앞에서는 아무

도 없다. 흰 회벽에 사방 1미터 크기의 액자에 담긴 그림 하나가 외롭게 걸려 있다. 르누아르의 작품들을 전시한 방과 분위기가 확연하게 다르다. 음울함을 재는 계량기가 있다면 최고치로도 모자라 폭발해 버릴 정도다. 두 화가의 작품을 곧장 이어서 보면 감정의 충격은 그만큼 더 클 수밖에 없다. 냉수와 온수를 번갈아 마시는 기분 같은 거다.

르누아르 작품들을 빠르게 지나쳐「맹인의 식사」앞에 서자 오민주는 숨 막힐 듯한 감동으로 가슴 벅찼다. 눈에 보이지 않는 신기神氣에 끌려 이곳까지 온 듯한 착각이 들어 그녀는 잠시 정신이 혼미했다. 정신을 가다듬고 그림을 다시 바라봤다. 작품 위를 흐르는 인디고블루와 코발트블루, 아니 그냥 푸르죽죽하다. 인디고블루라느니 코발트블루라느니 하는 고상한 말보다 우리말로 푸르죽죽하다가 더 어울린다. 푸르죽죽한 색은 우리 정서에서는 보통 홀대받는 색이다. 홀대받는 색이 세계적인 명화에 초대되었다. 피카소의 가슴을 거치면 미운 색도 이처럼 마술같이 환상 감동으로 바뀌는 게 놀랍다. 숨 막히게 하는 이 차갑고 냉정한 색조는 그녀의 환상 감동을 이내 강렬한 슬픔으로 바꾸어 놓았다. 눈물이 쏟아질 것 같아 그녀는 잠시 호흡을 가다듬었다.

"언니, 뭐해. 이리 와. 여기 이 작품 한번 봐봐."

한 입 베어 문 빵을 왼쪽 손에 들고 바짝 마른 오른쪽 손을 길게 뻗어 포도주가 담긴 항아리를 찾느라 더듬거리는 그림 속 남자의 눈, 그 눈빛을 찾느라 오민주는 동생의 말을 듣지 못했다. 코발트블루로 처리한 툭 불거져 나온 광대뼈, 남자의 얼굴을 가만히 뜯어보면 산 자의 모습이 아니다. 눈가에 검푸른 인디고블루가 달무리처럼 엉키며 눈동자를 덮어버렸다. 보이지 않는 그림 속 남자의 눈동자를 보기 위해 그녀는 인디고블루를 열심히 밀어냈다. 인디고블루를 걷어내면 코발트블루가 나오고 코발트블루를 헤치면 다시 인디고블루가 나타난다. 얼마나 깊이 감추어놓았는가. 짜증이 나려고 할 무렵 드디어 그녀는 남자의 눈을 발견했다. 길게 뻗은 남자의 야윈 오른손 끝에 그의 눈이 감추어져 있었다. 인디고블루와 코발트블루로 덮어버린 남자의 눈동자가 와인이 담겨 있는(사실 와인인지 물인지 알 수 없다) 항아리 모양의 불투명 병을 향해 더듬거리며 뻗는 그 손끝에 있었다. 그 손끝에서 죽은 자의 얼굴을 한 남자의 생명이 미세하게 움직인다. 죽은 사람 같은데 생명이 붙어 있다. 아니, 어쩌면 죽은 자가 산자의 자리에 앉아 식사하는 모습인지 모른다. 시간이 흐르자, 그녀는 두렵기보다 이 모습이 점점 친숙하게 느껴졌다. 그녀는 얼른 고개를 들고 천정을 올려다본다. 소름이 돋도록 이유를 알 수 없는 진한 슬픔이 몰려왔다. 곧 쏟아질 것 같은 눈물이 그녀의 눈에 담겼다.

바로 그때 그녀 동생이 오민주 곁으로 다가왔다. 동생과 시선이 마주치자, 오민주는 겸연쩍게 씩 웃는다. 눈에는 슬픔이 담겼는데 입에선 웃음이 나온다. 이 불균형을 바로잡느라 그녀는 무심결에 이상한 발음을 냈다.

"으, 음, 어어."

"언니, 왜 그래?"

"아냐, 이 그림."

"이 그림이 뭐? 피카소 작품이네."

"참 슬프다, 이 그림."

"그렇게 불렀는데 대답도 하지 않고. 뭐야, 지금 이 그림에 빠진 거야? 이래서 난 피카소가 싫다니까. 부적 같은 이런 게 왜 그림이어야 하는지 알 수가 없어. 꼭 죽은 사람 같잖아. 난 이 청색 너무 싫어. 이런 그림을 보면 꿈자리까지 사나워. 빨리 가자. 르누아르를 보러 와서 청승맞게 웬 피카소."

모네의 작품을 좋아하는 오민주와 달리 집 안 곳곳에 르누아르 모사 작품을 걸어놓을 정도로 그녀 동생은 르누아르를 좋아한다. 같은 인상파 화가지만 모네와 다르게 르누아르는 고전주의를 고집하며 색을 명징하게 묘사하지 않고 번지게 처리한다. 그녀 동생은 르누아르의 이런 점에 매력을 느낀다고 하지만, 그녀는 오히려 이런 화풍 때문에 르누아르를 좋아하지 않는다. 이처럼 둘은 성격이 정반대다. 르누아르 작품을 보러 온 동생과 달리 그녀는 오직 피카소의 「맹인의 식사」를 보는 게 목

적이다.

동생에게 끌려간 오민주는 르누아르의 「책 읽는 소녀」 앞에 섰다. 밝고 화사한 두 소녀가 책을 읽고 있다. 그녀 동생이 이 그림에 대해 쉬지 않고 설명했으나 그녀의 머릿속에는 방금 본 피카소의 「맹인의 식사」로 가득 차 있다. 건성으로 "응, 응"했으나 그녀는 동생의 말이 들리지 않았다. "보이는 걸 그리는 게 아니라 생각하는 걸 그린다"라고 한 피카소의 말이 환청처럼 들려왔다. 이 그림을 그리며 피카소는 무슨 생각을 했을까. 인디고블루와 코발트블루로 꽉 찬 이 캔버스에 앞이 보이지 않는 남자의 식사 장면을 그리면서 그는 어떤 이야기를 담으려고 했을까. 엉킨 생각들 사이를 헤집으며 그녀는 피카소의 이야기를 찾기 시작했다.

가상공간, 오민주가 이 낯선 공간으로 끌려 들어온 건 순전히 페이스북 때문이다. 그날 페이스북에 떠오른 '오늘은 소설가 장하진 님의 생일입니다. 축하해주세요'라는 메시지가 퍼즐 조각을 쏟아

놓은 듯 뒤죽박죽 엉킨 가상공간 속으로 그녀를 끌어들였다. 그러던 중 문득 뉴욕에 있는 메트로폴리탄 미술관이 떠올랐다. 1800년대에 개관한 이 미술관은 건물이 독특하다. 처음부터 이렇게 지은 게 아니라 조금씩 증축하여 지금의 건물이 되었다. 맨처음 지은 건물은 달걀 노른자위처럼 지금의 건물 안에 그대로 통째 들어가 있다. 그래서 내부 전시 공간들이 마치 다른 건물에 들어온 것 같은 착각에 빠지게 한다. 거기에다 이집트를 비롯한 고대 건축물까지 통째 뜯어와 미술관 속에 집어넣었다. 건물 안의 건물, 이 건물들을 미로처럼 이어 전시 공간을 만들었다. 메트로폴리탄 미술관에 들어가면 마치 타임머신을 타고 가상공간에 들어온 듯한 착각에 빠진다. 그녀는 갑자기 이 미술관에 있는 그림 한 점, 피카소의 「맹인의 식사」가 보고 싶었다. 메트로폴리탄 미술관에 몇 번 가 봤으면서도 이 그림은 아직 한 번도 직접 보지 못했다. 일부러 안 본 게 아니라 너무 볼 게 많아서 지친 나머지 중간에 나오는 바람에 번번이 놓쳤다. 아니, 솔직히 말해서 그녀는 이 그림을 알기 전까지는 피카소의 청색 시대에 별로 관심이 없었다.

오민주는 곧바로 뉴욕행 비행기표를 예약하고 동생에게 전화했다. 메트로폴리탄 미술관에 간다는 말을 들은 그녀의 동생이 놀란 목소리로 외쳤다.

"언니! 소설 때려치우고 돗자리 펴."

"얘는, 뜬금없이 그게 무슨 소리니?"

"다음 주부터 여기서 르누아르 특별전시회를 해. 언니가 이걸 어떻게 알았어?"

"날을 잘못 받았네. 난 르누아르 안 좋아하잖아."

"언니는 늘 그게 문제야. 좋은 길을 두고 왜 맨날 꼬부라진 골목길만 찾아."

꼬부라진 골목길이란 말에 오민주는 쿡 웃었다. 몇 번이나 자기가 소개해 준 남자들과 잘 연결되지 못하자 그녀의 동생이 "그렇게 꼬부라진 길만 찾다가 언니는 평생 시집 못 가"라며 쏘아붙였다. 그게 별명이 되어 가족들 사이에 '골목길'이 그녀의 별명이 되었다. 그녀는 동생과 성격도 정반대다. 둘 다 인상파를 좋아하지만, 그녀는 르누아르보다 모

네의 작품을 좋아한다. 색감이 솔직해서 좋다. 르
누아르 작품은 화려하고 부드러워도 파스텔 톤으
로 번지듯 처리한 기법이 마음에 들지 않았다. 이
를 짙은 화장을 한 게이샤 같다고 했다가 그녀는
동생에게 호되게 몰린 적 있다.

　동생과 통화를 끝낸 뒤에도 오민주는 페이스북
에 뜬 메시지에서 벗어나지 못했다.

　'오늘은 소설가 장하진 님의 생일입니다. 축하
해주세요'

　아침에 페이스북을 열자 곧장 이런 메시지가 떴
다. '이게 뭐지?' 하고 잠시 머뭇거리는 사이에 메
시지는 살아 움직이는 생명체처럼 꿈틀거리며 환
영幻影으로 바뀌었다. 그건 잠깐 한순간이었다. 곧
이어 인디고블루와 코발트블루가 출렁이는 파도
처럼 밀려와 메시지를 덮친다. 두 색色이 뒤엉키는
물결에 휩쓸려 단어들이 뒤죽박죽 흩어지며 비명
을 질렀다.

　푸른 물결 속으로 잠기는 메시지 단어들을 오민

주가 다급하게 붙잡았다. 코로나19 신종바이러스 감염증으로 지난해 세상을 떠난 그녀의 동료 소설가 생일을 알리는 메시지였다. 산 자에게 알리는 죽은 자의 생일 축하 메시지다. 슬픔인지 배신감인지 모를 묘한 감정이 그녀의 온몸을 훑는다. 이 감정을 털어내려는 듯 그녀는 어깨를 한번 추스른다. 코미디 같은데 슬프다. 처음 맞닥뜨린 이 차가운 감정의 실체가 그녀에겐 무척 낯설다. 세상을 손바닥 들여다보듯 헤집고 다니는 문명의 이기利器가 삶과 죽음을 가려내지 못하는 멍청이였다는 사실에 그녀는 허망함을 감추지 못했다.

사람들이 점점 숨 쉬는 AI 인간이 되어간다. 프로그램이 없으면 움직이지 못하는 그런 인간이 되었다. 익명 뒤에 숨어서 자기 얼굴을 조작하고 세상을 조롱하기도 하며 때론 정의의 투사나 영웅으로 포장하여 남을 공격하기도 한다. 사람들은 자유를 버리고 대신 평등을 찾으려 했다. 어설프게 자유를 찾다가 차별받느니 차라리 조금 불편하더라도 모양과 색깔을 통일하여 똑같은 옷을 입고 사는 게 편하다고 여긴다. 일단 가상공간에서는 그것이 가능하다. 문제는 편리함에 길든 이 가상공간이 이제 밖으로 나와 인간 세상을 조금씩 정복해 간다는 거다. 온라인과 오프라인이 뒤섞인 세상, 죽은 이를 초대하여 산 자와 어울리게 하는 일도 이상하게 여기지 않는 그런 세상이 되었다.

어디에 서 있는지 어디를 향해 가고 있는지 오민주는 잠시 자신의 정체성을 상실했다. 뒤엉킨 감정을 정리하던 그녀는 의문을 가졌던 그림 한 점을 떠올렸다. 그녀는 얼른 『피카소 평전』을 꺼냈다. 작품 「맹인의 식사」를 보자 또다시 가슴이 두근거린다.

며칠 전이다. 118년 만에 피카소의 숨겨진 작품을 찾아냈다며 세계 언론이 일제히 보도했다. 영국의 한 미술품 복원 회사에서 피카소가 가난했던 무명 화가 시절에 그린 「맹인의 식사」에 X선을 투사했다가 이 작품 아래 숨겨져 있던 웅크린 여인의 누드 한 점을 발견했다.

웅크린 여인의 누드, 어디서 많이 본 듯한 그림

이다. 「맹인의 식사」 속에 감추어져 있던 이 밑그림은 미국 클리블랜드미술관이 소장하고 있는 피카소의 작품 「인생(La Vie)」에 들어가 있다. 여기에서는 숨어 있는 밑그림이 아니라 세상 밖으로 꺼내 작품 구성으로 묘사했다. 같은 청색시대 작품인 「인생」을 그리면서 다른 때와 달리 피카소는 이 그림에 남다른 애정을 쏟아부었다. 밑그림을 네 번씩이나 다시 그렸을 정도다. 이 그림에는 친구 카사헤마스도 그의 연인과 그의 어머니도 등장한다. 처음 스케치에서는 피카소 자신이 카사헤마스의 연인과 알몸으로 붙어서 있게 했으나 마지막 수정 때 친구 카사헤마스로 얼굴을 바꾸었다. 왜 그랬을까. 소문에 의하면 피카소는 친구의 연인과 몰래 사랑을 나누었다고 한다. 성 장애로 고민하던 친구 카사헤마스를 위해 대신 그녀에게 열정을 보인 걸까. 아니면 정말 그녀를 사랑한 것일까. 아무러하든 카사헤마스는 권총으로 그녀를 먼저 쏜 뒤 자살을 시도했다. 잘된 일인지 잘못된 일인지 모르나 그녀는 살았으며 그만 혼자 세상을 떠났다. 이때부터 피카소의 인생이 바뀐다. 청색시대가 시작되는 것이다. 친구에게 미안해서일까, 아니면 친구의 연인과 불륜을 저지른 죄의식 때문이었을까. '인생'이라는 제목을 단 이 그림에는 여러 사람의 복잡한 인생이 담겼다. 아니다. 여러 사람의 인생을 담은 게 아니라 '인생이란 무엇인가?'라는 화두를 세상에 던졌다. 이 그림에 묘사한 '외롭게 웅크린 누드'에 그 해답이 감추어져 있다.

「맹인의 식사」속에서 발견한 외롭게 웅크린 여인의 누드 스케치를 피카소의 청색시대 화풍을 배운 인공지능 AI가 유화물감으로 채색 복원했다. 이렇게 탄생한 그림에 「외롭게 웅크린 누드」라는 제목을 붙여 독립된 작품으로 세상에 내놓았다. 피카소가 세상을 떠난 지 48년 만에 인공지능 AI가 피카소 그림 한 점을 만들어 우리 앞에 내놓은 것이다. 이젠 인공지능 AI가 죽은 피카소의 영혼을 불러와 그림을 그리기까지 한다.

이 기사를 처음 읽었을 때 오민주는 방금 페이스북에서 장하진의 생일 축하 메시지를 봤을 때처럼 혼란했다. 신기함과 두려움이 섞인 묘한 감정이 전신을 휘감았다.

어떻게 이렇게 연결되지? 오민주는 꺼진 핸드폰 화면을 다시 켰다.

'오늘은 소설가 장하진 님의 생일입니다. 축하해주세요'

푸른빛 물결 속으로 사라졌던 페이스북 메시지가 다시 뜬다. 피카소의 청색시대, 오민주는 정신이 번쩍 들었다. 장하진을 죽음으로 몰고 간 코로나19 팬데믹이 피카소를 지배한 그 청색시대를 연상하게 했다.

소설가 장하진의 부음을 받고 장례식장에 갔을 때까지도 오민주는 그가 왜 세상을 떠났는지 알지 못했다. 그녀뿐만 아니라 함께 문상했던 다른 동료들도 마찬가지였다. 평소 지병이 있는 것도 아니다. 그렇게 그가 갑자기 세상을 떠난 일이 놀랍고 궁금하여 상주에게 "어디 편찮으셨냐?"고 물었을 때 "네"라고만 대답했다. 궁금증이 더 깊어졌으나 설마 코로나19 바이러스 감염증으로 세상을 떠났다는 생각은 아무도 하지 않았다. 상가에 와서 죽음의 원인을 꼬치꼬치 묻는 것이 예의가 아니다 싶어 그녀는 더 묻지 못했다. 코로나19 방역 지침으로 모두 마스크를 한 상태라 이미 서로 입을 다물기로 약속했다.

물도 주지 않는 휴게실에서 누가 먼저 나가자고 해주길 기다리고 있을 때 검은 상복을 입은 그의 아내가 와서 문상객들에게 인사하며 담담하게 말했다.

"석 달 동안 입원했었어요. 차도가 있어 곧 퇴원하는 줄 알았는데 갑자기 나빠졌어요."

"석 달 동안 입원해 있었어요?"

오민주만 놀란 게 아니다. 사람들이 모두 놀랐다. 이때까지도 코로나19 바이러스 감염증과 연관 지어 놀란 게 아니다. 석 달 동안 입원했을 정도로 장하진이 큰 병을 앓았는데 아무도 이 사실을 몰랐다는 것에 놀랐다. 어쩌면 세상을 떠난 그에게 미안함을 감추기 위한 몸짓이었는지 모른다. 그녀 자신이 그랬다. 평소 자주 만날 정도로 가까운 사이는 아니었지만, 몇 달 전에 그를 만나 곧 나올 장편소설 표4에 들어갈 추천사를 써달라는 부탁을 했었다. 그때 그는 평소와 다름없이 건강했다. 그러고 나서 몇 달이 지나는 동안 그에게 안부 전화 한 번 하지 않은 게 죄송해서 그녀는 죄지은 듯 몸이 움츠러들었다. 연락하지 않으려 했던 건 아니다. 빨리 써달라고 독촉하는 듯해 언제쯤 연락해야 좋을지 시기를 재며 망설이던 중이었다. 아무러하든 그가 석 달 동안이나 입원한 사실을 몰랐다는 게 그녀는 견딜 수 없이 미안했다.

장하진이 코로나19 바이러스 감염증으로 세상을 떠났다는 사실을 알게 된 건 장례를 치르고 나서 보름쯤 지난 뒤였다. 문상을 다녀온 사람들이 하나둘 PCR 검사를 했다는 것이다. 오민주도 그 소식을 듣고 놀랐으나 PCR 검사를 해보라는 말에 웃었다. 장례식장이 그가 입원했던 병원이기는 하지만 문상한 자리에 그의 시신이 있었던 것도 아니며 장례를 치른 지 이미 보름이나 지났는데 이제야

PCR 검사를 한다고 법석을 떠는 사람들이 우스웠다. 가뜩이나 사람들이 AI처럼 변해 가는데 코로나19 신종바이러스까지 사람을 또 우습게 만든다. 그녀는 그가 그 긴 시간 홀로 격리 병실에서 외롭게 죽음과 맞서 싸우다가 세상을 떠났다는 사실이 너무 슬펐다. 가족도 만날 수 없는 그 외로운 공간에서 그는 무슨 생각을 했을까.

그래 그는 죽었지. 그제야 오민주는 장하진이 이 세상에 없다는 사실을 새삼스레 인정했다. 이미 일 년 전에 문상까지 다녀왔으니 당연한 일인데도 그의 죽음을 이제야 인정하는 일이 그녀에게는 몹시 낯설었다. 그가 죽었다. 왜 이 사실을 페이스북 메시지를 보면서 알아야 했을까. 겨우 일 년밖에 안 지났다. 그 사이에 그녀에게서, 아니 모든 이들에게서 그의 존재가 지워져 버렸다. 아무 일 없었던 듯 산 사람들끼리 만나며 잘 살다가 죽은 이를 초대하여 함께 노는 일이 참 어색하면서 새롭다. 잊고 잘 사는 사람들에게 페이스북이 아무렇지도 않게 주기적으로 기억을 상기시키는 매정한 짓을 거리낌 없이 한다.

'회부연 안개 사이를 빠져나온 푸른빛 아침 햇살이 창문을 뚫고 방 안 깊숙이 들어왔다.'

메트로폴리탄 미술관에 다녀오던 날 저녁 오민주는 문학 잡지사에서 청탁받은 단편소설을 쓰기 위해 첫 문장을 이렇게 시작했으나 여기에서 더 진행하지 못했다. 워낙 스토리가 명료하게 구성되어 작품 제목을 생각할 겨를도 없이 숨 가쁘게 첫 문장을 썼다. 거기까지다. 낮에 본 피카소의 「맹인의 식사」를 모티브로 소설을 구성할 참이었는데 아무래도 무리한 시도였다. 감동이 너무 짙으면 소재에서 제재로 옮아가는 데 오히려 방해된다는 걸 그녀는 몇 번의 실패를 통해 터득했다. 그러함에도 그녀가 이 작품에 미련을 버리지 못하는 건 슬픔의 뿌리를 차가운 청색에서 찾은 피카소의 천재성 때문이다. 그 감동을 놓을 수 없었다. 이 진한 감동이 서사를 방해한 게 아니라 코발트블루로 선택한 A4

용지가 상상력을 방해했다며 그녀는 애써 실패의 원인을 다른 데로 돌렸다. 그날 동생에게 코발트 블루 프린트 용지를 구해달라고 했을 때까지만 해도 그녀는 조금도 자기 행동을 이상하다고 여기지 않았다. 이야기가 더 진행하지 못하고 막히고 난 뒤에야 비로소 그녀는 자신의 유치한 발상을 눈치 챘다. 작품을 시작할 때마다 그녀는 첫 문장을 프린트해서 보는 게 습관이 되었다. 첫 문장이 작품의 성공과 실패를 결정짓는다고 믿어서이기도 하지만, 그렇게 첫 문장을 프린트해서 미리 보면 서사 전개에 큰 도움이 되었다. 그녀는 첫 문장 아래쪽 프린트 용지 여백에 앞으로 진행할 에피소드를 빼곡하게 메모한 뒤 책상 정면에 붙여 놓는다. 그러고 나면 순조롭게 이야기가 잘 풀렸다. 말하자면 첫 문장이 적힌 그 프린트 용지가 그녀에겐 부적인 셈이다. 이번에는 이 습관이 먹혀들지 않았다.

첫 문장이 찍힌 그 파란색 프린트 용지를 떼 낸 오민주는 부수듯 종이를 구겨서 쓰레기통에 던져 버렸다.

오늘 오민주는 6개월 전에 뉴욕 동생 집에서 구겨서 쓰레기통에 버렸던 단편소설의 첫 문장을 다시 소환했다. '오늘은 소설가 장하진 님의 생일입니다. 축하해주세요' 하고 뜬 페이스북 메시지를 지워버린 인디고블루와 코발트블루 위에 그녀는 소환한 단편소설 첫 문장 단어들을 조합하며 퍼즐 맞추듯 한 단어씩 또박또박 올려보았다.

오민주는 재빨리 노트북을 열었다. 이번에는 조금도 고민하지 않고 작품 제목부터 먼저 타이핑했다.

'인디고블루와 코발트블루, 사라진 개'

노트북 모니터에 제목이 뜨자 그제야 이야기가 정리된다. 본래 생각했던 제목은 「외롭게 웅크린 누드, 그리고 사라진 개」였다. 오민주는 망설이지 않고 제목을 바꾸었다. 그리고 나서 동생네 집 휴지통에 버렸던 코발트블루 A4 용지 위에 올려놓은 첫 문장을 그녀는 노트북 화면에 그대로 옮겨 적었다.

'희부연 안개 사이를 빠져나온 푸른빛 아침 햇살이 창문을 뚫고 방 안 깊숙이 들어왔다.'

　노트북 화면에 빼곡하게 들어찬 소설을 처음부터 다시 읽으며 찬찬히 점검한 오민주는 이야기를 이어가기 시작했다. 오늘, 이 단편소설을 완성할 수 있을 것 같다. 환청인가? 그때 그녀는 어디에서 개 짖는 소리를 들었다. 피카소가 그리다가 지워버렸던 사라진 그 개, 그녀는 소설 속에 그 개를 초대할까 말까를 고민하다가 이내 생각을 지운다. 가상공간에서 존재하는 삶과 존재하지 않은 죽음을 탐색하며 그 실체를 잇는다. 피카소가 「맹인의 식사」를 그리기 위해 '외롭게 웅크린 누드'를 감춘 그 인디고블루와 코발트블루가 피카소가 말하고자 한 인생이었다. 그녀는 주문처럼 중얼거렸다.

　"인디고블루와 코발트블루, 사라진 개."

마제파(Mazeppa)를 위하여

랜딩을 알리는 기내 방송을 듣고 나는 황급히 휴대폰을 켜며 이어폰을 찾았다. 헝가리 부다페스트 공항에 도착하면 이 음악을 듣겠다며 잘 챙겨 넣어두었는데, 작은 크로스백에 버즈가 보이지 않는다. 나는 서둘러 담요를 무릎에 펴고 크로스백을 뒤집어 내용물을 몽땅 쏟았다. 그제야 며칠 전에 교체한 버즈3가 눈에 띈다. 나는 얼른 이어폰을 귀에 꽂고 리스트 페렌츠의 '초절기교 연습곡 4번' 〈마제파Mazeppa〉를 듣는다. 거의 동시에 활주로에 착륙한 비행기의 역추진하는 엔진 소리와 바퀴 구르는 소리가 피아노 선율 위로 쏟아졌다. 마제파를 묶어서 태운 야생마野生馬가 난폭하게 광야를 향해 달리는 듯하다.

인천을 떠나 12시간 만에 도착한 부다페스트 리스트 페렌츠 국제공항에는 비가 내린다. 비행기 창문 위를 흘러내리는 빗물이 마치 생명체처럼 꿈틀거리며 사방으로 밀려간다. 온몸으로 밀려오는 〈마제파〉의 격렬한 피아노 선율이 창문에 그림을 그리는 듯하다.

6개월 전쯤이다. 일이 있어 부산에 갔다가 까마득히 잊어버린 기억 하나를 찾아냈다. 열차를 타려고 역대합실에 들어섰을 때 어디에선가 현란한 피아노 연주곡이 들렸다. 〈마제파〉였다. 나는 오래전에 발표한 단편소설 「흰담비를 안은 여인」을 떠올렸다. 그녀가 이곳에 와 있는 건가? 연주가 환청처럼 들렸다. 번잡한 역대합실에 이 음악이 흘러나올 리 없지 않은가. 스피커에서 나오는 소리가 아니라 실제 피아노를 연주하는 선율이다. 음악에 조예가 있는 건 아니지만, 이 곡만은 숨소리조차 분

간할 정도로 잘 안다. 순간 나도 모르게 새끼손가
락으로 귓속을 닦아냈다. 환청이 아니었다. 연주가
끊어질까 당황하여 나는 사방을 두리번거리며 황
급히 진원지를 찾았다. 이 곡은 10여 분이 안 되는
짧은 시간에 끝난다. 나는 북적거리는 사람들의 틈
을 뚫고 나아갔다.

〈마제파〉는 헝가리 출신 음악가 리스트 페렌츠
가 작곡한 교향시로 난해하기로 유명한 곡이다. 그
래서 이 곡을 들을 기회가 그리 흔하지 않다. 피아
노를 공부하는 사람은 이 연습곡을 반드시 넘어가
야 한다. 나는 피아노를 칠 줄 모르지만, 유일하게
그녀 때문에 이 곡 하나만 기억한다. 그녀는 가끔
이 연습곡을 내게 들려주었다. 좋지 않은 부적처
럼, 이 곡을 듣고 나면 그녀에게든 나에게든 꼭 나
쁜 일이 생겼다. 국가보안법 위반으로 그녀가 구금
된 사건과 연루되어 수업받던 강의실에서 내가 낯
선 사람들에게 끌려가던 날도, 그 전전날 나는 그
녀가 연주하는 이 곡을 들었다. 그녀가 운동권 학
생 지도자급으로 늘 감시를 받았다는 사실을 나는

사랑에 빠진 이후에야 알았다. 그녀는 체포되기 며칠 전에 내게 뜬금없이 "누가 물으면, 넌 나를 잘 모른다고 해야 해"라고 했다. 호된 심문을 받으면서 그녀는 우리의 사랑을 자신의 기억에서 삭제시켰다. 낯선 사람들에게 눈이 가려진 채 끌려간 그곳에서 나는 그들이 묻는 대로 다 말했다. 그녀의 당부와 달리 나는 그녀와 사랑했던 사실을 있는 그대로 다 진술했다. 그래서인지 나는 3일 뒤 무혐의로 풀려났으나 그녀는 이후 3년간 교도소에서 살아야 했다. 그녀는 운동권 학생으로 수없이 시위에 참여한 전력이 있었으나, 나는 한 번도 학생 시위에 나간 사실이 없었다. 그녀는 중산층 가정에서 자라 정치가를 꿈꾸는 법대생이었으나 나는 경상도 산골짜기에서 고추 농사를 짓는 농부의 아들로 서울에 올라온 지 1년이 채 안 되는 어리바리한 촌놈이었다. 이러한 관계도 나를 무혐의로 풀려나게 하는 데 일조했다. 사실이 그랬다. 나는 그녀가 반체제 학생운동을 하는지도 몰랐다. 시골에서 고추 농사를 짓는 가정에서 자라 우리 마을에서는 유일하게 대학에 진학한 학생이었으니 학교와 사회 환경에 대해 아는 게 별로 없는 촌스러운 신입생이었다. 수업하는 날보다 시위하는 날이 더 많았던 당시의 현상을 나는 이해하지 못했으며, 그녀를 통해 조금씩 세상을 알아가는 중이었다.

내가 그녀를 만난 건 '미엥지모제Międzymorze'라는 희한한 이름의 동아리에서다. 미엥지모제는 폴란드어로 '바다와 바다 사이'라는 뜻이다. 발트해와 흑해 사이에 있는 나라라는 의미다. 뜻도 모르는 이 낯선 이름에 끌려 동아리에 가입했는데, 회원이라고는 운영자인 그녀와 나 달랑 두 사람뿐이었다. 그녀는 이 동아리 사이트를 통해 자신의 이념과 역사관을 게시판에 올렸다. 당연히 게시판에 글을 올린 이는 그녀뿐이었으며, 게시판에는 온통 'ermine어민'이라는 아이디가 탑을 쌓아 올렸다. 그녀의 아이디가 '어민'이다. 처음 이 아이디를 보고 이상하게 생각했다. 우리 아버지가 대학 등록금을 마련하기 위해 혈육보다 더 소중히 여기던 고추밭을 팔았기에 미안한 마음에 나는 아이디

를 'gochu고추'로 했다. 그녀도 '어민漁民'을 로마
자로 쓴 거라 예단하며 그녀의 아버지가 어부인 줄
알았다. ermine은 족제비과의 담비를 이르는 말이
다. 보통은 페럿ferret이라 부르는데 그녀는 낯설
게 '어민'이라 했다. 동아리 운영자 어민에 궁금증
이 유발하여 나는 회원으로 가입했다. 회원이라고
는 운영자인 그녀와 나밖에 없었지만, 그녀가 올린
글에 조회수는 상당히 높았다. 말하자면 이 동아리
는 그녀가 온라인 활동을 위해 개설한 위장 동아리
였으며 나는 아무것도 모른 채 얼떨결에 회원으로
가입했다. 가입 신청을 한 지 한 달여가 지난 뒤에
야 가입 허가를 해준 것으로 보아 그녀가 나의 회
원 가입에 몹시 당황했던 게 분명했다. 가입하는
데도 힘들었지만, 탈퇴도 쉽게 할 수 있는 구조가
아니었다. 나의 역할은 어쩌다 그녀와 만나 생맥주
를 마시거나 커피를 마시며 그녀의 말동무가 돼 주
는 거였다. 그것도 일방적으로 그녀가 문자나 이메
일로 만나자며 통보했다. 나보다 훨씬 환경이 좋고
똑똑한 그녀가 나 같은 어리바리한 촌놈을 말 상대

로 부른 이유는 아직도 모른다. 아무러하든 그러다가 우리는 사랑하게 되었다. 아니다, 그녀가 먼저 나를 좋아했다는 게 옳다. 누굴 좋아할 만큼 내겐 그런 숫기가 없었으며, 당시에는 감히 내가 그녀를 사랑하게 되리라는 희망 같은 건 추호도 없었다. 운동권 학생들의 교육 장소에 함께 가보기도 했으며, 그녀와 함께 동유럽을 배낭여행 하기도 했다. 동아리 이름에서 보듯이, 그녀는 유난히 폴란드 역사에 많은 관심을 가졌으며, 이 나라 역사를 우리의 처지에 빗대 이야기를 많이 했다. 게시판에 올린 글도 온통 폴란드 역사와 이념에 관한 것이었다. 내가 글을 올리거나 댓글을 달고 싶어도 아는 게 별로 없어 주눅이 들어 포기했을 정도다.

프로이센(독일), 오스트리아, 러시아에 의해 국토를 분할 당한 뒤 100년 동안 세계지도에서 사라졌던 폴란드는 독립전쟁을 벌이면서 다시는 힘센 주변 강대국에 짓밟히지 않기 위해 동중유럽의 여러 작은 나라들과 힘을 합쳐 연방국가를 세우려고 했다. '미엥지모제'는 바로 그 프로젝트 이름이다.

마지막 독립전쟁인 '11월 봉기'에 실패하고 뿔뿔이 흩어져 국외로 망명한 폴란드 지도자 중 한 사람인 귀족 출신 아담 에르지 차르토리스키Czartoryski가 처음 실천에 옮기려다 실패했다. 그 뒤 제1차 세계대전 종전과 함께 나라를 다시 찾아 독립한 폴란드의 초대 대통령 피우수트스키Piłsudski가 다시 이를 실현하려 했지만 뜻을 이루지 못했고, 그가 사망하면서 이 정책은 폐기되었다. 그녀는 대한민국을 그러한 나라로 만들 꿈을 꾸고 있었을까.

그녀는 내게 고추는 맵지만, 'gochu고추'라는 아이디는 힘이 없다며 대신 'czartoryski차르토르스키'라는 긴 이름의 아이디를 만들어 주었다. 폴란드 독립을 위해 싸운 그 귀족의 이름이다. 이 무렵엔 그녀에게 깊이 빠져들고 있을 때라 나는 거부할 수 없이 '고추'를 버리고 이 아이디를 받았다. 뒤에 그녀와 함께 동유럽을 배낭여행할 때 폴란드 옛 수도인 크라쿠프에 가서야 그녀의 아이디가 왜 '어민'인지를 알았다. 크라쿠프 구시가 성문을 들어서면 오른 쪽에 차르토르스키 박물관이 있다. 차르토르스키 귀족 가문에서 세운 박물관이다. 이 박물관 2층에 레오나르도 다빈치의 유화 작품 〈흰담비를 안은 여인〉이 있다. 하얀 벽 한 면 전체에 가로 39cm 세로 54cm인 이 작은 그림 하나만 도도하게 걸려 있다. 이 작품을 설명하는 명판에 담비를 ferret페럿이 아닌 ermine어민으로 표기해 놓았다. 그녀는 작품 속 여인이 안고 있는 이 담비를 자신의 아이디로 가져온 것이다. 그림 속 여인은 이탈리아 밀라노의 통치자였던 루드비코 스포르차의 연인 체칠리아다. 시인이기도 했던 그녀는 14살에 스포르차의 연인이 되었으나, 그가 다른 귀족 여인과 결혼하는 바람에 궁중의 외톨이가 되었다. 이를 안타깝게 여긴 레오나르도 다빈치가 그녀에게 초상화를 그려주면서 스포르차 가문의 문양인 흰담비를 그녀의 가슴에 안겨준 것이다. 사랑을 잃은 대신 스포르차 가문을 통째로 가지라는 의미였을 것이다. 레오나르도 다빈치는 초상화 그리기에 매우 인색한 사람이었으며, 그에게 초상화를 받으려고 귀부인들이 줄을 섰다고 한다. 그러함에도 그가 유독 체칠리아의 초상화를 파격적으로 그린 배경에 대해 궁금해하는 사람들이 많다. 일설에는 두 사람이 사랑한 사이라 알려지기도 하나 확인할 길은 없다. 담비는 용맹하며 자존심 강한 동물로 알려져 있다. 이 그림 앞에서 그녀는 차르토르스키가 이 작품을 소장하게 된 동기를 잃어버린 조국 폴란드를 되찾기 위한 자존심이라 설명했다.

크라쿠프에서 우리가 묵은 유스호스텔 이름이 '굿바이 레닌'이었다. 이 굿바이 레닌에서 우리는 처음으로 깊은 사랑을 나누었다. 그날 밤, 그녀는 내 팔을 베고 누워 "너는 오른쪽 날개, 나는 왼쪽 날개, 우리 함께 저 넓은 하늘로 날자"라고 말했다. 처음 경험한 달콤한 사랑에 취해 나는 그녀가 한 이 말의 뜻을 제대로 새겨듣지 못했다. 그녀가 국가보안법으로 구속되었을 때 나를 심문한 조사관 앞에서 이 이야기를 할까 말까 망설이면서 비로소 나는 처음으로 이 말에 의문을 품었다. 지금까지 나는 이 말을 그 누구에게도 꺼내본 적이 없다.

〈마제파〉 연주를 내가 처음 들은 건 그녀의 자취방에서였다. 처음으로 방문했던 그녀의 집에서 이 음악을 들었다. 그날 그녀에게 이끌려 어느 허름한 책방 한쪽에 위장해 놓은 골방에서 낯선 학생들과 함께 주체사상에 대한 강의를 들은 뒤, 사전 의논도 없이 나를 그러한 곳에 데리고 갔다며 강력하게 항의했다. 말은 그렇게 했지만, 만약 미리 내게 이야기했더라도 나는 분명히 그녀를 따라갔을 것이다. 그만큼 나는 그녀를 신뢰했으며 그녀가 하는 건 뭐든 다 옳다고 믿었다. 그녀는 나를 그곳으로 끌고 간 이유를 설명하는 대신 자기 집으로 데리고 갔다. 그녀가 살고 있는 집은 보통 학생들이 자취하는 그런 단칸방이 아니라 조그마한 단독주택이었다. 이런 집에 학생인 그녀 혼자 살고 있는 것도 내겐 무척 낯선 모습이었다. 커피 한 잔을 타서 내 앞에 가져다주고 그녀는 피아노 앞으로 가서 연주를 시작했다. 음악에 대해 아는 게 없던 나는 그녀의 연주에 별 흥미를 못 느끼고 커피를 한 모금 마셨는데, 곧바로 사레가 들어 연신 기침을 해댔다. 첫음절에서 마치 세차게 얻어맞은 듯한 강렬한 충격을 받았다. 음악에 취했다기보다 태어나서 한 번도 들어본 적이 없는, 뭐라고 설명할 수 없는 그런 낯선 소리를 들은 것이다. 아름답다, 감미롭다고 표현하는 그런 감정이 아니었다. 아리스토텔레스가 말한 타우마제인thaumazein, 경이驚異였다. 처음으로 듣는 그 낯선 소리에 놀랐다. 곧 나는 그녀가 연주하는 피아노 선율에 빠져들기 시작했다. 툭, 툭, 툭, 마치 작은 망치로 건반을 내리치는 듯 울리는 선율에서 갑자기 방 안을 휘젓는 격렬한 음으로 변신하고, 곧이어 태풍이 몰아치는 황야에 부는 난폭한 바람 소리를 내다가 거친 풍랑이 이는 해변으로 끌고 가기도 했다. 저절로 그림이 그려질 정도로 생생한 이미지가 피아노 선율을 타고 거침없이 이어졌다. 피아노 연주를 들어본 적 없지만, 어디서 많이 들었던 것처럼 나는 그 기억을 찾으려고 안간힘을 쓰며 연주를 들었다. 의외로 연주는 금방 끝났다. 채 10분이 되지 않았으나 내게는 꽤 긴 시간 선율에 휘둘린 듯 멍했다. 그때까지 따뜻한 온기를 유지하고 있는 커피를 나는 다시 한 모금 마셨다.

내 앞에 그녀가 와 앉았다. 그녀는 나를 뚫어지게 바라보며 말했다.

"어때?"

"뭐가?"

"방금 연주한 이 음악."

"난 피아노에 대해, 아니 음악에 대해 아는 게 없어."

이 말에 만족하지 못하고 나는 한마디 덧붙였다.

"내게 가장 익숙한 긴 고추 농사뿐이야. 어릴 때부터 지금까지 내가 놀던 곳은 고추밭이었거든."

그녀가 씩 웃었다. 내 속에서 꿈틀거리는 쇠막대기 같은 저항을 그녀가 읽은 듯했다.

"강단 있는 모습을 오늘 처음 보네. 술 마실래?"

"아니."

"왜?"

"네가 두려워."

"어? 네가 라고 하네. 누나라고 하더니, 이제 작

정하고 대드는구나?"

그녀는 갑자기 소리내어 깔깔 웃더니 "새로운 발견이야! 난 너의 이런 모습이 좋아"라고 했다.

나도 깜짝 놀랐다. 내가 그녀에게 '너'라는 말을 했다는 걸 그제야 알았다. 이 집에 들어올 때까지도 난 나보다 2년이나 상급 학년 선배인 그녀에게 깍듯이 누나라고 했다. 내가 당황해하자, 그녀는 아무렇지도 않게 "괜찮아. 좋은데? 이젠 그렇게 불러. 나도 그게 편하네"라고 했다.

"그런데 왜 내가 두려워?"

"그냥."

"그냥 두려운 게 어딨어. 말해 봐. 내가 왜 두려울까."

"몰라. 고추 농사를 지으면서 우리 아버지는 늘 입버릇처럼 말했어. '올해는 작황이 좋아야 할 텐데.' 우리 아버지가 가장 걱정하던 말이기도 해. 농사를 너무 잘 지어도 걱정이고, 수확이 시원찮으면 시원찮은 대로 걱정이거든. 농사짓는 농부는 늘 그런 걱정을 달고 살아. 뭐, 불안한 미래를 걱정하는 거지."

"그럼, 내가 고추밭으로 보였다는 거네?"

나는 웃었다. 뭔지 모르게 그녀와 만나는 게 불안했다. 가까워지면 가까워질수록, 뜸하면 뜸한 대로 불안했다. 뭔가 큰 사건이 일어날 것만 같은, 그런 불안감이 감돌았다. 끝내 나는 그녀에게 이 말을 하지 못했다.

"지금 내가 연주한 이 곡은 헝가리 음악가 리스트 페렌츠의 초절기교 연습곡 4번 〈마제파〉야. 리스트 페렌츠, 이 이름이 중요해. 세계 음악사에는 그의 이름을 헝가리어로 리스트 페렌츠Liszt Ferenc가 아닌 독일어 프란츠 리스트Franz Liszt로 불려. 사실 헝가리는 유럽이면서 특이하게 우리처럼 성이 앞에 오고 이름이 뒤에 와. 그 자신은 헝가리어로 리스트 페렌츠로 부르거든. 한때 헝가리도 폴란드처럼 나라를 빼앗기고 오스트리아 헝가리제국이 되었는데, 제1차 세계대전 이후 독립할 때 리스트 페렌츠의 고향이 오스트리아 땅이 돼 버렸어. 그래서 그의 음악이 더 격렬해졌는지도 몰라."

그녀는 〈마제파〉에 대해 설명했다.

"이반 스테파노비치 마제파Ivan Stepanovich Mazeppa는 폴란드 국왕 요한 카시미르의 궁정 시종이 있었는데, 이 사람이 신분의 격을 뛰어넘어 포들리아 백작 부인과 사랑을 나누다가 발각되어 처벌받았어. 알몸으로 야생마의 등에 묶인 채 광야로 내쫓기는, 목이 잘리는 사형 집행보다 더 잔인한 형벌을 받은 거야. 몇 날 며칠을 달리던 말이 지쳐 쓰러졌고, 이때 우크라이나의 코사크족에게 발견되어 구조돼. 이후 전사로 활동하면서 그는 우크라이나 지도자가 되어 영웅으로 부활한 거야. 이런 그의 일대기를 프랑스 작가 빅토르 위고가 시로 썼고, 이 시를 읽은 리스트가 피아노 연주곡으로 작곡했어."

il tombe enfin… et se rele ve roi!
마침내 그는 죽었다. 그리고 왕으로 부활했다

"리스트는 악보 끝에 이렇게 시 한 구절을 넣어

빅토르 위고에게 헌정했다고 해. 마제파 이야기는 바이런도 시로 발표했으며, 들라크루아 등 여러 화가가 그림으로 표현하기도 했지. 빅토르 위고의 시에서 영감을 가져왔지만, 사실은 리스트 페렌츠 자신도 마리 다구와 비트켄슈타인 등 두 사람의 귀족 부인과 불륜의 사랑을 했으며, 그 위기에서 살아남아 음악의 영웅으로 부활했으니, 그 자신이 바로 마제파였던 거지."

잠시 뜸을 들인 그녀는 내게 물었다.

"왜 이름난 시인과 작가, 화가, 음악가들이 마제파에게 매료되어 그를 기리는 작품을 만들었을까?"

누굴 깊이 사랑해 본 적도 기려본 적도 없어서 그가 왜 많은 사람에게 회자되는지 딱히 집히는 게 없었다. 남의 부인을 탐한 불륜을 지고한 사랑으로 미화하는 건가? 아니면, 인간은 누구나 그런 욕망을 품고 있으면서 마제파처럼 용기가 없어서 대리만족하는 건가? 이런 생각을 하는데, 그녀가 말을 잇는다.

"마제파 이야기는 단지 목숨을 걸고 신분의 차이를 초월한 사랑에 감동하여 노래하는 게 아니야. 이 처절하고 아름다운 러브스토리는 단지 배경일 뿐이며, 이 이야기의 핵심은 자신이 원하는 '낯선 길'을 목숨을 걸고서라도 과감하게 선택한 그 용기를 높이 산 거야. 그 용기는 단순한 용기가 아니라, 인간의 자유 의지를 상징하고 있어. 마제파는 시종이라는 신분을 버리고, 포들리아 백작 부인은 귀부인이라는 신분을 버리면서 진정 원하는 사랑을 행동으로 옮긴 인간의 원형질을 보여준 거지. 우리 역사와 문화도 그렇게 아무도 가지 않은 낯선 길을 가는 자가 변화시키고 진보해 온 거 아니겠어? 마제파는 그걸 말하고 있어."

그녀는 피아노 앞으로 가 〈마제파〉를 다시 한번 더 연주했다. 그새 나는 커피를 다 마셨다. 입안에 남아 있는 진한 커피 잔향을 모아 삼켰을 때 피아노 선율이 방 안을 꽉 채웠다. 아까보다 더 강렬한 연주였다. 나는 연주하는 그녀를 바라보았다. 눈을 지그시 감고 온몸으로 피아노 건반 위에서 춤추는 격렬한 그녀의 몸짓에서 나는 달리는 말 대신 날렵한 흰담비를 연상했다. 아름다움과 잔인함, 그리고 범접할 수 없는 카리스마로 무장한 여전사 같았다.

피아노 연주가 끝남과 동시에 나는 자리에서 일어났다.

"갈게."

"차가 끊겼을 거야. 늦었으니 여기서 자고 가. 오늘만 허락한다."

나는 그녀의 말을 귓전에 흘리며 문을 열고 나왔다. 뒤따라 나온 그녀의 표정이 밝지 않다. 〈마제파〉를 연주할 때의 그 자신감은 이미 사라지고 자상한 누나로 돌아와 있었다.

"조심해서 가. 도착하면 문자 해줘."

"알았어."

역대합실 한쪽에 많은 사람들이 모여 빙 둘러서 있었다. 마침내 〈마제파〉를 연주하는 근원을 찾았다. 모여 있는 사람들 사이로 피아노 연주 소리가 새어 나왔다. 사람들을 비집고 안을 들여다볼 수 있는 틈을 찾았으나 너무 많은 사람이 빼곡하게 서 있어서 들어갈 공간이 없다. 연주가 끝날 때까지 성벽처럼 둘러서 있는 사람들의 뒷모습을 바라보기만 했다. 그녀일까? 기우에 가까운 생각을 하는데, 연주가 끝났다. 사람들이 일제히 함성을 지르며 박수를 보냈다. 멀리 무료하게 의자에 앉아 있던 사람들이 무슨 일인가 하며 이쪽으로 고개를 돌린다. 사람들이 흩어지자, 피아노 앞에 앉아 있는 사람이 보인다. 앳된 소년이었다. 누군가가 물었다. 중학교 2학년이라고 대답한다. 다시 "와!"하는 함성이 울려 퍼졌다. 나는 그녀가 아니라는 데서 안도와 함께 실망이 커 박수를 보낼 여유를 갖지 못했다.

알몸으로 묶인 마제파를 태워 달리던 말처럼, 30년이 넘는 세월 속에 꼭꼭 숨겨둔 이야기가 말에 태워져 이곳에 달려왔다. 까마득한 시간 저 너머의 기억이다. 그녀는 지금 어디서 무얼 하고 있을까? 여전히 동유럽에 살고 있을까. 나처럼 그녀도 세월의 어느 틈바구니에서 나를 한 번쯤 기억하고 있을까. 나는 서울행 기차에 올랐다.

문인들 단체에서 해외 심포지엄을 겸한 인문학 여행한다고 한다. 헝가리를 거쳐 발칸반도를 도는 여행이다. 이런저런 고민하지 않고 곧장 참가 신청했다. 이런 패키지여행은 난생처음이지만 꼭 나를 위해 마련한 행사 같았다. 그동안 여러 차례 유럽을 여행했지만, 그녀와의 기억 때문에 나는 동유럽 쪽 여행을 의식적으로 피해 왔다. 이번에는 그런 기억을 피하지 않으려 한다. 아니, 그 기억을 좇고 싶었다. 부질없는 희망이지만, 혹 여행 중에 그녀를 만날지 모른다는 실낱같은 꿈을 붙잡았다. 부산에서 낯선 소년이 연주하던 〈마제파〉의 여운이 여전히 남아 있다.

작년에 30년 동안 재직하던 학교를 그만뒀다. 한동안 우울증으로 고생했다. 직장을 그만둔 동료 교사들이 대부분 퇴직하고 일정 기간 이런 경험을 했다고 하지만, 나는 병원 치료를 받아야 할 만큼 꽤 오래 고생했다. 선생으로서도 소설가로서도 그

다지 잘한 것 같지 않은, 물에 물 탄 듯한 삶을 산 걸 깊이 후회했다. 중국의 한 소설가는 "살아가니까 사는 거다"라고 말했지만, 그 말이 내 삶을 위로해 주지는 못했다. 이참에 미뤄두었던 장편소설을 쓰기 시작하면서 나는 비로소 우울증의 긴 터널을 빠져나왔다. 사실 주위를 둘러보면 도드라지게 탑을 쌓으며 사는 사람은 그리 흔치 않다. 인생이 꼭 탑을 쌓아야 하는 것도 아니지 않는가. 다행히 쓰고 있는 장편소설이 내게 그런 탑이 되어준다면 하는 작은 희망으로 나는 그 우울증에서 벗어났다.

부다페스트 리스트 페렌츠 국제공항을 나와서 우리 일행은 현지 가이드와 미팅했다.

"?"

현지 가이드를 보는 순간 나는 심장이 멎은 듯 크게 충격받았다. 주위 사람과 사물들이 온통 하얀 정물로 보일 만큼 빈혈이 일어나 잠시 공항 대합실 기둥에 기대 숨을 고르고 있었다. 분명히 그녀였다. 그 가이드를 다시 바라보며 확인할 엄두를 내지 못하고 나는 헉헉 숨을 내쉬었다. 나를 본 일행

한 사람이 다가와 걱정스런 얼굴로 묻는다.

"왜 그러세요? 몸이 좋지 않아요?"

"아, 아닙니다. 열 시간 넘게 하늘에 떠 있다가
땅을 밟으니 어질어질합니다."

농담처럼 웃으며 그에게 말했다. 그는 "사실 나
도 좀 비틀거렸어요." 하고 웃었다. 정신을 가다듬
고 다시 현지 가이드 쪽으로 고개를 돌렸다.

"?"

다른 사람이다. 아까 본 그 가이드가 아니었다.
나는 다시 혼란이 일었다. 그새 가이드가 바뀔 리
가 없다. 내가 뭘 본 거지? 한 번 더 확인하듯 가이
드를 자세히 바라보았다. 우리나라 사람이 아닌 현
지인 여성이었다. 우리말을 유창하게 잘했다. 한국
에 오래 살았다며 자신을 소개한다.

그래도 나는 믿을 수가 없었다. 그렇게 사람을
잘못 볼 리가 있겠는가. 사라진 그녀를 찾으려고
두리번거리며 나는 낯선 사람들을 하나하나 살펴
보았다. 그러다가 우리 일행이 공항 대합실을 빠져
나가는 걸 보고 나서야 황급히 꽁무니를 따라갔다.

자주새 가자밈

감자꽃이 피었다. 며칠 전부터 서로 시샘하듯 하나둘 피기 시작하더니 금세 산자락 밭 1,000여 평을 하얗게 덮었다. 경호는 밭둑에 서서 감자꽃을 바라보았다. 마치 눈 내린 듯 장관이다. 숨 막히는 감동이 채 가시기도 전에 그는 아쉬움으로 머뭇거린다. 이 아름다운 감자꽃을 오늘 모두 따내 버려야 한다. 실한 감자를 얻기 위해 꽃을 포기해야 한다.

꽃대를 잡고 머뭇거리며 몇 번 시도하던 경호는 기어이 손을 멈춘다. 모진 마음으로 용기를 냈으나 다섯 갈래 별 모양으로 핀 하얀 감자꽃 속에 숨은 노란 꽃술이 그의 손을 멈추게 했다. 사람들이 감자꽃을 화초로 키우는 마음을 그는 그제야 알았다. 하기야 유럽 사람들도 초기에는 감자를 식품으로서가 아니라 화초로 정원에 키웠다. 영국 헨리 8세와 프랑스 루이 16세가 특히 감자꽃을 좋아했다고 한다. 이들은 감자를 성경에 나오는 최음제 맨드레이크(mandrake)인 줄 알았다. 꽃을 따지 않으면 감자가 달리지 않는 건 아니지만 꽃을 따야 더 튼실한 감자가 달린다. 그는 꽃대를 잡은 손을 슬그머니 놓았다. 원래 인부를 구해 작업하려고 했다. 코로나19로 인하여 외국인 노동자를 구할 수 없자 그가 직접 나섰다. 혼자 하겠다고 나선 일을 그는 뒤늦게 후회했다.

꽃따기를 멈춘 경호는 허리를 펴고 감자밭을 둘러보았다. 흰 꽃들 사이에 자주색 꽃이 몇 송이 보였다. 긴가민가해서 고개를 빼고 다시 바라보았다. 정말로 밭 가장자리에 두어 곳에 자주색 감자꽃이 피어 있다. 그래도 믿어지지 않아 그는 가까이 다가갔다. 틀림없는 자주색 감자꽃이다. 그는 꽃을 조심스레 한번 쓸어본다. 그러고 나서 아득히 펼쳐진 감자밭을 다시 휘둘러보았다. 죄다 흰 꽃이다. 참 이상하다. 분명히 흰 감자를 심었는데 어떻게 자주색 꽃이 피었을까. 감자는 씨앗이나 모종을 심는 다른 작물들과 달리 서너 개 씨눈이 있도록 씨감자를 잘라서 심는다. 제 몸을 조각내어 종자를 퍼뜨리는 것이다. 씨감자를 자기 손으로 직접 잘랐는데 자주색 감자를 구별하지 못했다는 게 아직도 그는 믿어지지 않았다. 6년째 감자 농사를 짓는 동안 한 번도 이런 일이 없었다. 흰 감자 사이에 자주색 감자가 섞여 있었다면 자를 때 발견 못 했을 리 없다. 그런데 지금 자주색 감자꽃이 피었다. 그는 자주색 감자꽃을 다시 바라보았다. 자주색 꽃이 피었으니 자주색 씨감자를 심은 게 분명하다. 왜 그걸 보지 못했을까. 생감자를 씹은 듯 갑자기 입이 아려 그는 혀로 입안을 헹구었다. 아린 기운이 가슴까지 밀려왔다. 자주색 감자는 껍질을 잘못 깎으면 유난히 아리다.

경호는 어제 일을 떠올렸다. 어제 어머니와 함

께 그는 읍내에 열리는 오일장을 다녀왔다. 며칠 뒤 있을 아버지의 제사 장을 보기 위해서였다. 자주색 감자꽃이 흐드러지게 피던 그해 5월에 그의 아버지가 세상을 떠났다. 하마터면 그는 이번 아버지 제사를 놓칠 뻔했다. 서울에 사는 친구의 자녀 결혼식에 가려고 기차표를 예매해 놓았다. 그의 어머니가 제사 장 보러 가자는 말을 했을 때 그는 비로소 아버지 제삿날이 그날이라는 걸 알았다. 기차표를 예매한 일을 그의 어머니도 안다. 아버지 제삿날과 겹친다는 사실을 그땐 그도 그의 어머니도 미처 생각하지 못했다. 어차피 내일 서울에 있는 가족들이 내려오면 자연히 알게 되겠지만, 어머니가 머쓱할까 봐 그는 몰래 얼른 예매한 기차표를 취소했다. 아버지 제삿날을 잊고 있었다는 사실이 그는 무척 미안하고 부끄러웠다.

경호 아버지 이을식은 자주색 감자를 유난히 좋아했다. 남쪽으로 피난 오기 전 북쪽 고향 마을에서는 주로 자주색 감자를 키웠다. 그 바람에 경호도 덩달아 어릴 때부터 물리도록 자주색 감자를 먹었다. 이곳에 귀농해 감자 농사지으면서 경호는 자주색 감자를 아예 거들떠보지도 않았다. 물론 자주색보다 흰색 감자가 맛이 좋고 상품성이 높기도 하지만 그는 어릴 때 겪은 그 지겨운 기억 때문에 자주색 감자를 싫어했다.

자주색 감자꽃을 바라보던 경호는 조심스레 한 번 더 손으로 쓸어본다. 가슴에 와서 머물던 아린 기운이 이젠 손끝까지 번졌다. 멀리 어디에서 아득하게 노래가 들려오는 듯하다. 그의 아버지가 즐겨 부르던 노래다.

자주 꽃 핀 건 자주 감자,
파 보나 마나 자주 감자.

하얀 꽃 핀 건 하얀 감자,
파 보나 마나 하얀 감자.

어릴 때 경호는 아버지에게 이 노래를 배웠다. 이 노래의 노랫말이 권태응 시인이 지은 동시라는 사실을 안 건 중학교에 들어가서였다. 국어 시간

이 아니라 역사 시간에 선생님이 뜬금없이 이 노래를 부르며 아이들에게 가르쳐주었다. 다른 아이들과 달리 그는 이미 이 노래를 알고 있었기에 씩 웃으며 따라 불렀다. 잠시 노래를 중단시킨 선생님이 그를 앞으로 불러냈다.

"너 이 노래 어떻게 알았어?"

"그냥… 그냥 아는데요?"

"야, 임마! 그냥 아는 게 어딨어. 누가 가르쳐줬어?"

"우리 아버지가요."

"너희 아버지가? 너희 아버지 함자가 어떻게 되시냐?"

"함, 함자요? 우리 아버지 함자 모르는데요."

"뭐? 너는 아버지 이름을 모른단 말이냐?"

"이름요? 우리 아버지 이을식인데요."

"여기도 웃기는 놈 하나 있네. 어른 이름을 말할 때는 함자라고 해라. 우리 아버지 함자는 이자 을자 식자입니다. 이렇게 말이다. 알았어?"

"네."

"너희 아버지 뭐 하시는 분이냐?"

"감자 농사를 짓는데요?"

"감자 농사? 너 혹시 미확인 지뢰지대에 사냐?"

경호는 표정이 굳어진 채 잠시 선생님을 쳐다보다가 말했다.

"아닌데요. 민북에 있는 재건촌에 살아요."

"임마, 거기가 거기 아니냐. 알았어. 들어가."

그날 경호는 이 노래 제목이 「감자꽃」이라는 사실도 처음 알았다. 일제강점기에 일본식으로 성과 이름을 강제로 바꾸었는데 그걸 빗대어 지은 동시다. 일본식으로 이름을 바꾸어도 조선 사람이 일본 사람이 될 수 없다는 의미가 담겨 있다고 했다. 그날부터 경호는 그 노래를 부르지 않았다. 그 노래를 부르면 지뢰를 피해 가며 밭을 일구고, 그곳에서 농사지어야 하는 재건촌에서 평생 벗어나지 못할 것 같은 두려움이 생겼다. 할아버지가 그랬던 것처럼, 아버지도 지금 감자 농사를 짓는다. 그 노래가 자기에게도 그렇게 살라는 주문처럼 들렸다.

그렇게 오래 잊었던 노래를 경호는 환갑을 넘긴 노인이 되어 꽃이 흐드러지게 핀 자기 감자밭에서 흥얼거리며 불렀다. 자주색 감자가 싫어서 도시로 도망가 살다가 이제 세상을 떠난 아버지의 나이가 되어 시골로 내려왔는데 하필이면 그도 또 감자 농사를 짓는다. 정말로 이 노래가 주문처럼 된 것 같아 그는 혼자 쓸쓸하게 웃었다. 우연이긴 하지만, 흰 감자인 줄 알고 유난히 싫어하던 자주색 감자를 자기 손으로 심은 것 하며 아버지 제삿날까지 잊은 일이 모두 이해할 수 없어 몹시 혼란스러웠다. 그는 하늘을 올려다보았다. 맑게 갠 파란 하늘에 솜뭉치 같은 구름이 서쪽으로 흘러간다. 흡사 그는 그 구름을 타고 허공으로 가고 있는 것처럼 기분이 달떴다.

인천 부두에서 막노동하며 살던 경호 아버지 이을식은 하루 일을 끝마칠 무렵 철원 일대의 민통선 民統線이라 불리는 민간인출입통제선 안쪽 땅에 농사를 짓게 허락한다는 라디오 뉴스를 들었다. 조선

시대 사민정책徙民政策 같은 거였다. 휴전선 북쪽에 선전마을을 만들어 주민들이 들어와 농사를 짓자, 남쪽에서도 그 대응으로 일반인 통행금지 지역인 민통선 안쪽에 주민들을 들여보내 농사짓게 하려는 것이다. 말하자면 이쪽에서도 선전마을을 만들고 모자라는 농경지도 개척하는 두 가지 효과를 노렸다.

북쪽에서 온 실향민에게 우선권을 준다는 말에 이을식은 곧바로 신청서를 제출했다. 사실 그가 그곳에 들어가기로 한 건 다른 이유가 있었다. 그곳이 그의 고향 땅이었다. 휴전선으로 두 동강 난 고향 땅 북쪽에 그가 살던 마을이 있다. 비록 지금은 고향집에 갈 수 없으나 그곳에 가면 고향에서 불어오는 바람과 고향에서 흘러온 냇물을 만나고, 고향에 머물던 새들도 만날 수 있을 것 같았다.

경쟁이 심하지 않을까 걱정했으나 이을식은 쉽게 입주 허가 통지서를 받았다. 당시만 해도 한국전쟁의 공포가 가시지 않은 때여서 민통선 안으로 들어가 농사를 지으려는 사람이 많지 않았다. 민통선 밖에 사는 사람들조차도 조상 대대로 살던 곳이 아니면 휴전선에서 멀찌감치 떨어진 데로 이사하려고 했다. 서울에서도 그랬다. 지금이야 돈 있는 사람들이 강남에 몰려 살려고 하지만, 당시에는 잘 살고 못살고를 떠나서 대부분 사람이 한강 건너 남쪽에 살려고 했다. 지금처럼 한강에 수많은 다리가 놓이기 전이다. 한강 철교가 끊어져 미처 피난을 가지 못했던 강북 사람들은 그때의 후유증에서 벗어나지 못했다.

아무러하든 그렇게 하여 이을식은 가족을 이끌고 강원도 철원 민통선 안쪽에 마련한 재건촌으로 이주했다. 가족이래야 초등학교에 다니는 아들 경호와 세 식구였다. 70여 가구가 입주했으며 가구마다 방 하나 부엌 한 칸인 초가를 제공했다. 관리사무소만 유일하게 기와집이었다. 관리사무소에는 관할공무원 한 사람이 파견 나와 주민들의 호적 등 행정관리를 했으며, 군에서 하사관과 사병 한 명이 나와 이곳에 상주했다. 관리소에는 3층 높이의 종탑이 있었는데 사병이 종일 그곳에 올라가 보초를 섰다. 일출과 일몰 시각에 3타씩 1분 정도 종을 두드렸으며, 비상 상황이 일어나면 연속 타종을 한다. 이 종소리에 맞추어 주민들은 논밭으로 나가 들일을 하고 집으로 돌아왔다. 일몰 종소리 이후 30분쯤 뒤에 일몰 점호한다. 들일을 나가거나 민통선 바깥으로 나간 주민들이 모두 마을로 돌아왔는지 점검하는 것이다. 집 밖으로 나올 때는 반드시 관리사무소에서 지급한 노란 글씨로 '멸공'이라 수놓은 빨간 챙모자를 써야 했다. 이 모자를 벗으면 언제 어느 때고 총알이 날아올지 모른다고 엄포를 놓기도 했다. 이 재건촌에는 출구가 없다. 민통선 밖으로 한번 나가려면 복잡한 허가 절차를 거쳐야 한다. 특별한 일이 아니면 주민 대표가 나가서 일용품을 한꺼번에 구매해 왔다. 외부와 연결하는 통신시설도 관리사무소에 있는 행정통신망을 이용해야 한다. 울타리만 치지 않았을 뿐 이곳은 수용소였다.

처음 입주했을 때는 어려운 일이 많았다. 논밭을 제공해 주는 게 아니라 한 가구당 일정 구역을 경작지로 할당해 주었다. 그곳은 원래 논밭이었으나 주인 없이 오래 묵혀두는 바람에 잡초와 잡목들이 우거져서 밀림을 방불케 했다. 어디가 논밭이고 어디가 들판인지 분간도 되지 않았다. 나누어준 경작지 구역 푯말이 따로 있는 게 아니라 횟가루를 뿌려 대충 구역을 정하는 바람에 매일 내 구역이니 네 구역이니 다툼이 일어났으며 그때마다 관리소 직원이 나와 구역을 재정리해 주었다. 개인 소유로 등기 받은 땅이 아니라 임시로 경작하는 터라 사실 주민들에게는 내 땅 네 땅이라는 개념이 없었다. 그러니 조금이라도 경작지를 넓혀 수확을 늘리려고 자주 다투었다. 어차피 언젠가 통제가 풀리고 땅문서를 든 진짜 주인이 나타나면 돌려주어야 한다. 법으로 보장받지도 못하는 땅을 그렇게 서로 많이 차지하려고 다투었다.

주민 경작지에는 군에서 나와 미리 지뢰 매몰 여부를 확인하고, 그 주위에 '지뢰' 또는 '지뢰 매몰 지대'라는 붉은 글씨의 팻말을 꽂아두었다. 그 지뢰 경계선 안으로만 들어가지 않으면 된다. 지뢰

탐지를 했다지만 경작지도 안전하지는 않았다. 탐지 때 놓친 곳이 있어서 풀을 뽑고 잡목을 베어내면서 경작지를 일구다 보면 며칠에 한 번꼴로 폭발 사고가 일어났다. 지뢰를 밟기도 했으며 유실 포탄을 건드려 폭발하기도 했다. 심하게 다치는 사람이 있는가 하면 사망사고가 발생하기도 했다. 일출 타종이 울리면 마치 전쟁터에 나가는 병사처럼 들로 나가는 사람들의 마음이 무거웠다. 그날 무사히 돌아올지 그대로 세상에서 사라질지 보장할 수 없어 마치 살얼음 위를 걷는 듯 불안한 마음으로 하루하루 살았다.

이을식은 이상한 꿈을 꾸었다. 이곳에서 휴전선을 지나 앞에 보이는 산 하나 넘으면 그의 고향 마을이다. 고향 사람이 그를 찾아왔다. "너 지금 여기에서 뭘 하고 있어. 너희 아버지가 아프니 얼른 같이 가자." 그 말을 듣고 허둥지둥 고향으로 갈 채비하는데 갑자기 천둥 번개가 일며 장대 같은 소나기가 내렸다. 금세 냇물이 범람하여 집 안방까지 밀려오는 바람에 고향 가는 일은 사라져 버렸다. 고향에서 온 사람도 보이지 않았다. 목숨을 부지하려고 그는 허겁지겁 높은 산으로 도망쳤다. 그 와중에 가족을 챙기려고 소리치며 찾는데 가족들은 이미 먼저 산 중턱에 올라가서 그에게 빨리 오라고 손짓하는 게 아닌가. 언제 저희만 도망쳤는가 화가 나서 악다구니를 지르다 잠이 깼다. 온몸에 식은땀이 흥건했다. 뭔가 불길하여 그는 밖으로 나와 소금 한 줌을 대문 앞에 뿌렸다.

그날 일몰 타종 직전에 이을식은 지뢰를 밟았다. 개간할 때 보이지 않았던 지뢰가 감자밭 둑에 묻혀있었다. 냇가 쪽으로 난 그 밭둑에 콩을 심으려고 올라서는 순간 천지가 진동하는 소리와 함께 그는 정신을 잃었다. 정신을 잃은 게 아니라 잠시 죽었다. 정신을 차리고 보니 병실 침대에 누워있었다.

"여보, 정신 들었어요?"

"여기가 어디야?"

"국군병원이에요. 가만있어요, 움직이지 말고.

선생님! 간호사 선생님! 이 사람 깨어났어요!"

이을식의 아내는 병실 문을 박차고 나가며 소리를 질렀다. 곧이어 군의관과 간호병이 달려와서 그의 상태를 살폈다. 눈꺼풀을 뒤집고 불빛을 비춰보고 팔을 들었다 놓는 등 부산을 떨고 나서 물었다.

"이을식 씨, 내가 보이나요? 목소리도 들려요?"

"잘 보이고 잘 들려요."

"네, 고생하셨습니다."

이을식의 아내가 기쁨의 눈물을 흘리며 군의관의 팔을 붙잡고 물었다.

"의사 선생님, 이 사람 이제 산 거 맞지요?"

"네, 수술이 잘 됐습니다. 앞으로 재활만 잘하면 괜찮을 겁니다."

군의관들이 나가자, 이을식은 아내에게 물었다.

"어떻게 된 일이야? 내가 왜 여기에 이러고 있어?"

"모르세요? 사고 난 거 기억 안 나요?"

사고로 의식을 잃었던 이을식은 열흘이 넘도록 에크모(ECMO)에 의해 생명을 유지하고 있었다.

생명 유지 기계가 그를 숨 쉬게 하는지 그가 기계를 움직이는지 모를 정도로 에크모와 그가 완전히 한 몸이 되어갈 무렵에 그의 정신이 돌아왔다.

정신이 돌아온 이을식은 먼저 자기의 몸을 살폈다. 눈과 코만 내놓고 몸 전체를 마치 미라처럼 붕대로 친친 감았으며 양쪽 팔도 손가락 끝만 남겨놓고는 몽땅 깁스해 놓았다. 팔을 움직여 봤다. 움직이기는 하나 깁스 때문에 쉽게 움직여지지 않았다. 움직일 때마다 가슴에까지 통증이 전해졌다. 그는 비로소 뭔가 큰 사고를 당했다는 생각과 함께 밭둑에서 꽝음과 함께 정신을 잃었던 기억이 되살아났다. 지뢰를 밟은 게 틀림없다. 땅을 판 게 아니기에 유탄을 건드린 건 아니다. 그 생각을 하자 그는 얼른 다리를 들었다. 오른쪽 다리가 움직이지 않는다. 상반신을 일으켜 시트를 젖히려다 그는 비명을 지르며 고개를 뒤로 벌렁 젖혔다.

"가만있어요. 움직이지 말고. 겨우 살렸는데 또 무슨 사고를 내려고 그래요."

"시트를 좀 젖혀 봐."

이을식의 아내는 입을 다물고 그를 내려다본다.

"뭐해, 빨리 시트를 걷으라니까!"

"여보! 그냥 가만있어요. 지금은 움직이면 안 된다고 했어요."

"시트를 젖히라는데 뭔 말이 그렇게 많아! 내 다리, 내 다리 얼마나 다쳤냐고!"

"오른쪽….."

"오른쪽? 오른쪽 다리?"

"네, 오른쪽 다리가 많이 상했어요."

"얼마나? 얼마나 다쳤냐고 물었잖아!"

"놀라지 말아요. 내가 당신 다리 구실을 해 줄게요. 다리가 문젠가요. 당신이 살아있는 것만으로도 감사해요."

이을식의 아내는 그의 가슴에 얼굴을 묻으며 울었다. 그는 상황을 짐작했다. 다시 한번 오른쪽 다리를 들어보았다. 시트가 움직이지 않는다. 허벅지께 시트가 약간 들썩였을 뿐 그 아래쪽은 전혀 움직임이 없었다. 슬픔인지 분노인지 모를 뜨거운 무엇이 욱하고 치밀어올랐으나 가슴 위에서 울먹이는 아내를 보며 그는 마른침을 꿀꺽 삼켰다. '그래 살아있는 것만 해도 다행이다. 나라조차도 허리가 잘렸는데 이까짓 다리 하나 없는 게 무슨 대수냐' 그는 끓어오르는 고통을 감추기 위해 눈을 질끈 감았다.

목발을 짚고 아침에 감자밭에 나간 이을식은 멧돼지가 감자밭을 엉망으로 들쑤셔놓은 걸 발견했다. 멧돼지들이 감자를 좋아한다. 그러잖아도 요즘 휴전선 철책 아래를 뚫고 멧돼지들이 자주 내려와 농작물을 파헤치며 돌아다녔다. 모두 논밭에 울타리를 두르는 등 방책을 만들었다. 유일하게 그의 감자밭에만 울타리가 허술했다. 목발을 짚고 작업하는 일이 힘들기도 했지만, 그는 애써 울타리를 만들고 싶지 않았다. 마을 사람들에게 지청구를 듣지 않을 만큼만 허술하게나마 울타리를 둘렀다. 그렇게라도 해놓지 않으면 동네 농사를 망치게 한다고 호되게 나무랄 것이다. 그 소리를 듣기 싫어 그는 눈가림으로 울타리를 만들었다. 그 울타리 한쪽에 구멍이 뻥 뚫려있다. 며칠 전부터 그의 감자밭에 멧돼지들이 자주 들어와 흔적을 남겨놓는다. 그는 뚫린 울타리를 고치지 않았다. 그 멧돼지들이 어쩌면 고향마을에서 내려온 녀석들일지 모른다고 생각했다. 사납게 헤치지만 않는다면 어떻게 생겼는지 그는 멧돼지들을 직접 한번 보고 싶었다.

경호는 그런 아버지가 못마땅했다. 뭣 하러 위험을 무릅쓰고 힘들게 농사짓느냐며 대들 듯 말했다가 아버지에게 된통 야단맞았다. 경호는 그럴 거면 차라리 민통선 밖으로 이사 가자고까지 말했다. 중학교까지는 겨우 다닐 수 있었으나 고등학교에 진학하려면 멀리 철원까지 드나들어야 한다. 도저히 그 먼 고등학교에 다닐 엄두가 나지 않았다. 고등학교엘 다니지 않으면 이곳에서 평생 감자 농사꾼이 되어야 한다. 경호는 아버지와 달리 목숨을 걸면서까지 이곳에서 농사짓기가 싫었다. 먹고살기 위해서라면 차라리 도시로 나가면 무엇을 한들 입에 풀칠 못 하겠느냐며 내친김에 아버지에게 대들기까지 했다. 분을 이기지 못한 이을식은 짚고 있는 목발로 경호를 내리쳤다. 경호가 재빨리 몸을 피하는 바람에 이을식은 중심을 잃고 감자밭에 나뒹굴고 말았다. 그런 아버지를 내팽개치고 경호는 혼자 집으로 와버렸다.

감자밭에 쓰러진 이을식은 몸을 겨우 일으키며 목발을 찾았으나 보이지 않는다. 감자 잎을 헤치며 목발을 찾던 그때 울타리를 뚫고 멧돼지가 나타났다. 일고여덟 마리의 새끼들까지 데리고 들어온 멧돼지는 마치 제집에 들어온 듯 평온하게 열심히 감자를 파먹고 있었다. 몸을 숙이며 그는 감자밭에 납작 엎드렸다. 멧돼지의 공격을 피하기 위해서이기도 했지만, 멧돼지들이 배불리 잘 먹고 가기를 기다렸다.

감자잎 사이로 멧돼지들을 지켜보던 이을식의 눈이 커졌다. 어미 멧돼지의 뒷다리 하나가 없다. 지뢰를 밟았는지 주민들이 쳐놓은 덫에 걸렸는지는 알 수 없으나 그렇게 절룩거리며 새끼를 데리고 다녔다.

멧돼지 가족이 돌아간 뒤 이을식은 허술하게 쳐

둔 울타리마저 아예 거두어 버렸다. 아직도 귓가에 꿀꿀거리는 멧돼지 소리가 들렸다. 멀리 가지 않은 듯했다. 다시 올지도 몰라 그는 얼른 목발을 찾아 집으로 돌아왔다.

다리를 다친 멧돼지 가족이 감자밭에 온 그날 경호는 편지 한 장 남겨놓고 집을 떠났다. 이을식의 아내가 편지를 그에게 내밀었다. 성공해서 돌아올 테니 걱정하지 말고 건강하게 잘 계시라며 어디서 많이 들어본 것도 같은 편지를 읽은 그는 별 반응을 보이지 않고 편지를 휙 던져버렸다. 그의 아내가 얼른 편지를 집으며 말했다.

"어째요. 관리사무소에 가서 신고해요."

"내버려둬!"

"일몰 점호 전에 신고해야 하잖아요."

"멧돼지도 아닌데 북으로 갔겠어, 죽기라도 하겠어! 쓸데없는 걱정을 다 하고 있네!"

"자식이 집을 나갔는데 어째 쓸데없는 걱정이라고 해요. 아니면 내가 갈 겁니다."

"제 놈이 무슨 재주로 초소에 신고도 않고 나갔 겠나. 나간 기록이 있을 테니 점호 때 하나 빼면 돼!"

"내가 지금 점호 때문에 이러는 겁니까? 어째 그 리 무정해요. 얘가 집을 나갔어요!"

"안다고! 집 나간 거! 그러니 가만두라는 거잖 아! 나가고 싶어 나간 놈 뭣 하러 찾아."

이을식의 아내는 바닥에 주저앉아 소리내어 울 기 시작했다. 그는 목발을 방문 옆에 세워두고 섬 돌에 앉아 먼 산을 바라보았다. 산머리로 구름 한 점이 넘어가고 있다.

서울에서 구청 공무원으로 정년퇴직한 경호는 등산하면서 봐둔 강원도 영월 섶다리가 있는 주천 면 산자락으로 귀농했다. 그는 그때까지 혼자 민 북마을에 살고 있던 어머니를 모시고 왔다. 아버지 묘소를 돌봐야 한다며 한사코 나오길 반대하던 어 머니를 며칠 동안 설득했다. 그의 아내와 아이들은 서울에서 살고 있다. 너른 밭에 뭘 심을까 고민하던 그는 감자를 심었다. 농사라고는 아는 게 감자 키우는 거밖에 없었으며 마침 마을 이장이 이곳에 감자가 잘 된다고 권유하기도 했다. 이 일대에는 대부분 밭에 감자를 심었다.

　자주색 감자꽃이 바람에 춤춘다. 경호는 손으로 조심스레 흙을 걷어내고 감자를 뿌리째 뽑았다. 메추리알만큼 자란 자주색 감자 대여섯 개가 달렸다. 자주색 감자를 잠시 바라본 뒤 그는 셔츠를 벗어 제 살던 흙과 함께 감자를 포기째 쌌다. 기어이 감자꽃 따기를 포기하고 경호는 곧장 집으로 왔다. 자주색 꽃이 달린 감자 줄기를 통째로 옷에 싸 들고 온 경호를 본 그의 어머니가 놀란 눈빛으로 묻는다.

　"왜? 감자밭에 탈 난 거니?"

　"아뇨. 한번 키워보려고요."

　"뭔 소리냐. 밭에 두면 저절로 자라는데 뭘 어떻게 키운다고 멀쩡한 감자를 통째로 파 오냐."

　"이 자주색 꽃 예쁘지 않아요?"

"예뻐 봤자 감자꽃이지 뭘."

"다시 한번 보세요. 자주색 별 같아요. 서울 살때 화초를 좋아하는 동료 직원이 거실에 감자꽃을 키우는 걸 봤거든요. 그땐 참 별나다고 생각했는데 지금 보니 이렇게 예뻐요."

"호박꽃도 꽃이라더니 넌 별난 눈을 가졌다."

작은 나무상자에 밭에서 가지고 온 흙을 담고 경호는 정성 들여 감자를 심었다. 방에다 두고 싶었으나 산바람을 맞으며 밭에서 자라던 식물이라 햇볕과 바람을 쐬어야 할 듯해서 방문 앞에다 두었다. 들고나며 보기 좋은 자리다. 그는 멀찌감치 떨어져서 자주색 감자꽃을 이리저리 살피며 바라보았다.

경호는 들에 있는 감자꽃을 올해는 따지 않을 작정이다. 감자꽃 구경하는 것도 농사지어 수확을 내는 것 못잖게 의미가 있는 일로 여겼다. 마을 사람들이 속내를 알면 농사를 망친다고 지청구를 늘어놓을 것이다. 꽃 따는 시기를 놓쳤다고 말할 참이다. 그리 두고 저절로 질 때까지 감자꽃을 구경

할 작정이다. 애면글면 농사지어 수확해도 어차피 식구가 다 먹는 게 아니다. 내다 팔아봐야 큰돈이 되는 것도 아니다. 멧돼지도 내려와 먹고 고라니에게도 좀 나누어주면 참하게 농사를 지은 게 아니겠는가.

자주색 감자꽃을 바라보며 경호는 혼자 빙그레 웃었다. 그의 어머니가 그러고 있는 경호를 보고 또 한마디 한다.

"어서 감자꽃 따러 안 가고 뭐 하는 거냐?"

"참 예쁘지요, 어머니."

야단을 치면서 그의 어머니도 경호 곁으로 와서 자주색 감자꽃을 바라본다.

우리뼈들 전표

갈멧골의 여름은 아이들의 개구리 후리는 소리로 시작된다.

워이 총, 워이 총, 워이 총….

장단에 맞춘 듯한 아이들의 신바람 난 소리가 갈멧골의 산허리를 감고 돌아서 마을 앞 들판으로 퍼져나가면 여름은 한창 깊어진다.

개구리는 주로 봇물 근처에 많이 있었다. 아이들은 막대기를 하나씩 들고 풀을 이리저리 헤치면서 '워이 총' 하면, 놀란 개구리가 밖으로 풀쩍 뛰어나온다. 그러면 아이들은 더욱 신명이 나서 빠른 소리로 "워이 총, 워이 총" 하고 소릴 지른다. 개구리가 아이들의 신명 난 소리에 맞추는지, 아이들의 소리가 개구리의 뜀박질에 맞추는지, 그 소리는 용케도 개구리의 뜀박질에 구령처럼 딱 맞추어졌다. 그리고 마지막 '워이 총' 소리가 끝남과 동시에 막대기를 내려치면 개구리는 땅에 떨어지자마자 막대기를 맞고 쭉 뻗어 버렸다. 아이들은 손 빠른 요리사처럼 돌멩이를 집어 들고 개구리의 허리를 짓찧어서 뒷다리를 떼어 내고 껍질을 벗기는 것이다.

아이들은 '워이 총' 하는 소리가 무슨 뜻이고 언제부터 시작됐는지 알지 못했으며, 또 알려고도 하지 않았다. 그렇게 하면 개구리가 많이 잡혔다.

여름이 한창 무르익을 즈음에는 아이들의 개구리 잡는 솜씨도 계절의 두께만큼이나 성숙해져 갔다. 이때쯤이면 아이들은 개구리 뒷다리를 구워 먹는 고소한 맛보다 이젠 개구리를 잡는 그 순간의 짜릿한 전율을 즐겼다. 그것은 흡사 칠흑같이 어두운 밤길을 혼자 걸을 때처럼 등줄기에 땀이 후줄근 배는 무섬증 같기도 하고, 돌무덤을 헤치고 가재를 잡아낼 때의 그 얄팍한 반가움 같기도 한, 그런 것이 범벅된 야릇한 기분이었다.

아이들은 어느새 개구리를 놀리면서도 잡을 줄
도 알았다. 아이들에게 한번 점 찍힌 개구리는 정
신을 못 차리고 이리 뛰고 저리 뛰었다. 아이들이
미리 개구리가 도망갈 방향을 예측하고 그 앞에다
막대기를 내려치기 때문이었다. 개구리는 이리저
리 막대기를 피하다가 드디어 방향 감각을 잃고 왕
방울 같은 두 눈을 껌벅거리면서 지쳐 움직이지 못
했다. 그러면 아이들은 손으로 쉽게 개구리를 덮쳤
다. 뒷다리를 움켜잡힌 개구리는 아이들의 손아귀
에서 벗어나려고 마지막 힘을 쭉 뻗어 보지만 소용
이 없었다.

산 채 뒷다리가 잘린 개구리는 짧은 앞다리로
엉금엉금 기어 다녔다. 그걸 보며 아이들은 입가에
야릇한 웃음을 띠며 허리춤을 내리고 오줌을 싸 갈
긴다. 전신을 짜릿하게 감아 돌던 전율이 오줌 줄
기를 타고 시원스럽게 빠져나가는 걸 느끼며 아이
들은 어깨를 한번 부르르 떤다.

갈멧골 들판은 어른들의 들일과 아이들의 개구

리잡이로 이렇게 와자지껄 도떼기시장처럼 북적거렸다. 그러나 이와 반대로 마을 안은 쥐 죽은 듯 고요했다. 어른과 아이 할 것 없이 손발이 달렸으면 모두 밖으로 나갔기 때문이다.

 석石이는 온 마을의 정적靜寂을 혼자 한 아름 안고 이 무더운 여름을 지키고 있었다. 삼베로 만든 반바지만 걸친 채 웃통을 홀랑 벗은 석이는 여느 시골 아이들보다 더 앙상하게 갈비뼈가 드러나 보였다.

 석이는 아침나절부터 더위를 피할 양으로 봉당에다 멍석을 깔아 놓고 드러누워 있다. 서까래 사이에 집을 쳐놓고 기어다니는 왕거미를 올려다보며, 그도 무엇이 걸려들기를 기다리고 있었다. 들판에서 아이들의 '워이 총' 하는 소리가 들려올 때마다 석이의 눈자위 근처가 조금씩 경련을 일으킨다. 개구리잡이를 나가지 못하는 조바심에서가 아니었다. 다리가 잘려 나간 개구리들이 몸통 구석구석에서 엉금엉금 기어다니는 것 같아서 근육을 뻣

뻣하게 긴장시키기 때문이었다.

석이가 아이들과 어울려 개구리잡이를 나가지 않게 된 건 삼촌이 집을 나가고 나서부터니까 꼭 두 해째 접어드는 셈이다. 석이 삼촌은 석이가 철이 들었을 때 이미 양쪽 다리가 허벅지까지 뭉텅 잘려 나가고 없었다. 석이는 삼촌의 바짓가랑이가 끈으로 댕그라니 묶여 있는 것을 처음 봤을 때 무섭다거나 이상하다는 생각은 조금도 하지 않았다. 삼촌이 처음에는 온전한 다리였다가 나중에 잘려 나간 것이라는 데까지 석이의 생각이 미치지 못했고, 그저 태어날 때부터 그런 모습인 줄로만 알았기 때문이다. 그래서 석이는 다른 사람들처럼 자유롭게 움직이지 못한 삼촌의 불편함을 모두 자기가 대신 해결해 주어야 한다는 짜증스러움이 삼촌에 대한 불만의 전부였다.

석이네 집식구는 석이의 부모와 삼촌 이렇게 넷이다. 석이 아버지는 장터에서 소 중개인 노릇을 했다. 시골 장터를 여기저기 돌아다니다 보면 이틀이고 사흘이고 걸러서 기분 내키는 대로 들어오기

예사였다. 그것도 술이 고주망태가 되어 밤늦게 들어와서는 다음날 날이 새기 바쁘게 나가 버렸다. 한달치고 석이가 저희 아버지 얼굴 구경하는 건 겨우 두어 번 정도였다. 그러니 장애인인 삼촌을 시중드는 일은 자연히 석이가 맡아서 해야 했다. 삼촌의 엉덩이를 까고 요강을 받쳐 주는 일이 그중 제일 힘든 일이며 그 밖의 크고 작은 일까지 삼촌의 손발이 되어 움직여 주어야 했다. 그 바람에 석이는 제 또래의 아이들과 어울릴 시간이 별로 없었다. 어쩌다 틈을 내어 개구리를 잡아 와서 삼촌과 구워 먹는 일이 고작이었다.

이러한 일들은 누가 시켜서 하는 것이라기보다 석이 자신이 무엇에 쫓기듯 스스로 하게 한 사건이 있었다. 석이가 아주 어렸을 적에는 이런 일을 석이 어머니가 맡아서 하는 수밖에 없었다. 그 때문에 어쩌다 만나는 아버지와 어머니가 티격태격 싸움질하곤 했다.

한번은 오밤중에 얼핏 잠에서 깼다가 석이는 술 냄새가 흠뻑 묻은 아버지의 목소리를 들었다. 아버지가 언제 들어왔는지 알지도 못했다. 어느 쪽이 방문이 있는 곳인지 모를 정도로 정신이 얼떨떨해서 어둠 속에서 눈망울만 굴리고 있었다. 그때 석이는 아버지의 목소리를 다시 들었다.

"아, 그래, 다 큰 자슥 엉덩짝 까 내리는데도 임잔 참말로 아무렇지도 않더란 말이제?"

"시동생인데 어떻소?"

"그래도 그렇제, 글마도 인자 스물일곱이여!"

"내 원 참! 기가 맥혀서…. 그라믄 영감이 아예 그 구멍을 틀어막아 주구랴. 사흘 만에 들어왔으믄 미안한 구석이 쪼매라도 있어야제, 술만 곤드레가 돼서 어따 생트집이오!"

석이 어머니가 소릴 치며 대들자 석이 아버지는 처음부터 승부는 팽개치고 건 싸움인 듯 슬그머니 꽁무니를 뺐다. 그것을 보고, 석이 어머니가 더욱 목소리를 높이며 대들었다.

"내가 아니믄 어느 얼빠진 년이 그 더러운 똥오줌 받아 낼 끼요! 그런 년 있거든 얼릉 데려와 살제!"

"허, 그것 참."

"하다가 말아도, 고생한단 말은 장터 술독에 쳐박아뿌리고 어데 생트집 잡으라면 퍼뜩이제."

"장개는 갈 수 있을란가 모르겄제."

석이 아버지는 슬그머니 말머리를 다른 데로 돌렸다.

"색시가 있으믄 장개가 문제요? 눈먼 장님이라도 올란가 모르겄소."

"어데 눈먼 색시는 있을란가 모르겄제."

"아이구메? 두 구신 데려다 우짤라꼬요? 하나 시중도 내사 힘들어 그만둘랍니더."

"그래도 인자 다 큰 자슥인데 색시 생각 없을라꼬…."

"…."

"쑥스럽게 나서서 물어볼 수도 없는 기고…."

"아니, 아까부터 무슨 된 소린교?"

"고자鼓子는 아인가 모르겄제."

"…?"

"으흠."

"고게 궁금합니껴?"

"또 한 걱정은 없을란가…."

"…괜찮을…."

"앵? 임자가 그걸 우째 아노 말이다!"

석이 어머니의 말이 채 끝나기도 전에 가로채듯
이 석이 아버지가 벌컥 소릴 지르며 일어나 앉았
다. 그러자 석이 어머니는 그 말을 내뱉은 것이 좀
쑥스러운지 겸연쩍게 웃었다.

"야밤중에 소릴 왜 빽빽 지르시오. 소피 볼 때
힐끗 보니 힘은 좀 있어 뷉다."

이렇게 큰 싸움이 붙는가 싶다가도, 어느 편에
서 먼저인지 둘은 이내 오랜만에 만난 사람으로 돌
아와 친숙해졌다.

"이 양반이… 징그럽그러 와 이카는교. 석이가
깰라만…."

"…."

석이는 기침이 나오려는 걸 겨우 참고 잠꼬대하
는 척하며 벽 쪽으로 돌아누웠다. 아버지의 거칠게
내뿜는 술 냄새가 방 안 가득히 채워질 때까지 석

이는 눈을 뜨고 죽은 듯이 누워 있었다.

'이젠 낼부터 내가 똥을 받아야제.'

석이는 지금 아버지와 어머니가 삼촌 때문에 저렇게 숨이 넘어가도록 싸운다고 생각했다.

여름이 다 지나갈 무렵이었다. 갈멧골에는 식구가 한 사람 더 늘었다. 갈멧골에는 동네로 들어오는 길목 산등성이에 쓰러져 가는 곳집이 하나 있다. 문고리가 비바람에 삭아서 축 처지는 바람에 바람이 조금만 불어도 문이 제멋대로 삐걱거리며 열렸다 닫혔다 했다. 그래도 마을에서는 그것이 유일한 기와집이다.

한번은 석이가 삼촌에게 옛날이야기를 해 달라고 조르자, 삼촌은 곳집 이야기를 들려주었다. 무서운 도깨비 귀신이 곳집에 산다는 것이었다. 그 도깨비를 달래느라고 잡초가 무성하고 한쪽이 내려앉은 곳집에 기와를 올려 줬다고 했다. 그 뒤로 석이를 비롯한 아이들은 낮에도 곳집 근처에 가길 꺼렸다.

그 곳집에 며칠 전부터 어깨까지 머리카락을 축 늘어뜨린 채 땀과 흙이 범벅이 된 누더기를 걸친 웬 미친 여자가 들어가 살았다. 그 미친 여자가 언제 어디서 왔는지 아무도 알지 못했다. 마을 어른들이 나무를 지고 내려오다가 발견하고 한바탕 소란을 피웠다. 가뜩이나 곳집 근처에 가길 꺼리던 아이들은 어둠살만 내려오면 방 안에서 꼼짝하지 못했다.

동네 어른들 몇몇이 올라가서 미친 여자를 끌어내기도 했으나, 이튿날이면 다시 곳집 속에 웅크리고 앉아 있었다. 몇 번인가 더 그렇게 승강이를 벌이던 어른들은 결국 쫓아낼 생각을 단념하고 이번에는 아이들을 달랬다.

"고건 도깨비가 아이고 미친 사람인 기라. 미쳐도 곱게 미쳐서 해꾸지는 안 할 끼니까 걱정 말그래이."

이장里長은 마을 사람들을 모아 놓고, 제깐 것이 배고프면 저절로 나갈 것이니까 아무도 동냥밥을 주지 말라며 당부하기도 했다.

소문을 전해 들은 석이 삼촌은 언젠가 자기가 말했던 그 도깨비라면서 석이 보고 곳집 근처에 얼씬도 말라며 얼렀다. 갈멧골에선 이것이 야단법석한 사건이었으며 여름철을 지난 조무래기들에겐 심심찮은 소일거리로 등장했다.

이장의 말대로 그녀는 미쳐도 곱게 미쳤는지 밖에 싸다니지도 않았다. 가마 타고 시집가는 새색시 모양 곳집 속에만 온종일 들어박혀 있었다.

시간이 흐르면서 아이들은 조금 무섭긴 했으나 곳집 밑으로 다닐 수 있었다. 곳집을 한 이십 보步 정도 두고 주먹만한 돌멩이를 한 개 집어 들고 곳집을 바라보며 냅다 뛰었다. 곳집을 지나면서 머리끝이 쭈빗 서는 순간 몸을 확 돌려 뒷걸음질로 뛰었다. 곳집을 지나서 얼마까지는 뒷걸음질로 가다가 다시 휙 돌아서 걸음아 날 살려라 냅다 도망쳤다.

아이들은 이렇게 하루에 몇 번씩 뜀박질하고 나면 피로와 무섬증이 뒤섞인 땀이 등줄기에 후줄근하게 배곤 했다. 이것은 개구리잡이 못지않은 재미

있는 놀이였다.

석이 삼촌에게도 새로운 변화가 생겼다. 평소에 사람 만나는 것을 싫어해서 매일 같이 자기 방에 들어박혀서 손칼로 나무토막을 깎아 이상한 모양의 물건을 다듬거나 하는 일이 고작이었다. 그런데 이젠 제법 웃음까지 허허 웃어대면서 방 안에서 손걸음을 연습했다. 뭉떵한 양쪽 허벅지를 앞으로 꼿꼿이 뻗고 손을 방바닥에 짚으며 팔심으로 걸어가는 것이었다. 그것은 흡사 살찐 오리가 걸어가듯 뒤뚱거렸다. 그걸 보고 석이가 킥킥 웃어댔다. 그러면 석이 삼촌은 겸연쩍은 듯 움직임을 쉬고 방바닥에 털썩 주저앉고는 했다.

"하하하… 얼매 안 있으믄 삼촌도 석이 힘을 쬐끔만 빌리 게 될끼다."

"뭣 하는 기고, 삼촌?"

"이렇게 해서 걸음 연습을 하는 기다."

"에게? 팔이 그 무거운 걸 우째 달고 간단 말이고?"

"글쎄다. 연습하믄 될 끼다. 삼촌은 다리가 없기

땜에 다리로 가 있을 힘이 모두 팔에 가서 다른 사람보다 팔심이 세거던.”

“….”

석이 삼촌은 며칠 사이에 제법 방 안을 몇 바퀴씩이나 거뜬히 휘휘 돌아다녔다.

석이는 삼촌이 한 바퀴 돌 때마다 손뼉을 치곤 했다. 삼촌이 기뻐하는 것만큼 석이도 덩달아 신바람이 났으며, 새롭게 달라지는 삼촌 곁에서 잔심부름을 홍겹게 해냈다.

석이는 삼촌이 시키는 대로 나무 조각이랑 톱과 망치 등의 연장을 구해다 주었다. 그러자 석이 삼촌은 그것으로 이상한 물건을 만들었다. 그건 흡사 얼음을 타는 앉은뱅이 스케이트처럼 생긴 것인데, 그 위에 올라앉아서 양쪽에 달린 끈으로 허리에 잡아매는 것이었다.

“그기 뭐꼬?”

“응? 응….”

석이 삼촌은 끈을 매는 데 정신이 팔려 석이의 물음을 건성으로 흘린다.

"그기 뭐하는 기고?"

"쬐끔만 있어 보그래이. 곧 알게 될 끼다."

끈을 다 묶고 나서 석이 삼촌은 예의 그 손걸음을 걸었다.

뒤뚱뒤뚱….

아, 석이는 하마터면 소릴 지를 뻔했다. 그 물건이 삼촌의 엉덩이에 딱 붙어 있는 게 아닌가. 석이는 그게 무얼 하는 것인지 비로소 알았다.

방을 한 바퀴 돈 석이 삼촌은 나무할 때 끼는 두툼한 가죽 장갑을 끼고는 엉금엉금 봉당으로 내려가는 것이었다. 정신없이 내려가느라 그만 중심을 잃고 댕구르르 봉당에서 마당으로 굴러떨어졌다.

"어이쿠!"

"다친 기 아이가?"

석이가 재빨리 쫓아가 부추겨 바로 앉히자, 석이 삼촌은 민망했던지 한 번 씽긋 웃어 보였다. 그러고는 마당으로 내려가 방 안에서 하던 대로 뒤뚱뒤뚱 손으로 걸어 다녔다. 얼마쯤 걸어 다니다가 피곤하면 엉덩이에 댄 나무판자에 앉아서 조금 쉬

다가 또 걷고 하는 것이었다. 그걸 보고 석이는 환호를 질렀다.

석이의 환호 소리가 갈멧골에 퍼져나가는 가운데 계절은 자꾸만 깊어 갔다.

이제 석이는 삼촌을 까마득히 한쪽 편으로 밀어내고 잊은 채 아이들과 곳집 밑을 왔다갔다 하는 놀이에 섞일 수가 있었다. 그만큼 석이 삼촌은 마당 안에서 자유롭게 돌아다녔다. 또 하나 달라진 게 있다면 석이 삼촌의 식욕이 대단해져서 석이 어머니에게 밥을 더 많이 달라고 조르기도 했으며 주는 밥은 남김없이 다 먹어 치우곤 했다. 석이는 삼촌이 갑자기 운동을 많이 해서 식욕이 늘었다고 생각했다. 조르지 않는데도 삼촌은 석이에게 도깨비 이야기를 부쩍 자주 들려주었다.

"곳집 안에 있는 여자는 도깨비인데 거기서 왔다갔다 하믄 참말로 잡아간대이."

"에게? 오늘도 거기서 놀다 온 긴데."

"내일부텀은 가지 말그래이. 재수 없으믄 석이 니부터 잡아갈지도 모른대이."

"피! 이장 어른이 그카는데, 그건 도깨비가 아이
고 사람이라 캤는데?"

"잡혀가도 난 모른대이."

"…."

"알았제?"

"기철이는 곳집 문을 들여다보기도 했대이…."

"뭐라꼬? 두고 보래이, 기철이 글마도 인자 곧
잡히갈 끼다. 삼촌도 그때 잡히가서 이렇게 다리가
뭉떵 짤리고 안 왔나."

"?"

이렇듯 처음에는 석이도 겁을 잔뜩 집어먹고 곳
집 근처에 얼씬도 하지 않았다. 그러나 담이 큰 기
철이가 그 말을 전해 듣고 픽 웃으며 놀렸다.

"에게, 울 어무이가 그카는데, 너그 삼촌은 우리
삼촌하고 뒷산에서 방맹이 폭탄을 가지고 놀다가
다리가 짤렸다 캤대이."

석이는 다시 곳집 밑을 쏘다녔다. 석이는 기철
이가 한 말이 아니었더라도 오줌을 싸 갈기고 싶은
그 놀음에 기어이 섞였을 것이다. 석이는 기철이의

말을 믿지 않았다. 기철이네는 삼촌이 없었기 때문이다.

아이들과 어울려 하루 종일 산등성이를 쏘다니던 석이는 사립문을 막 들어서면서 주머니에 손을 찌르다 말고 깜짝 놀랐다. 있어야 할 게 없었다. 주머니 속을 모두 까뒤집고 털어 봤으나 텅텅 비어 있었다. 지난번에 아버지가 사다 준 달걀만한 빨간 오뚝이가 없어졌다. 눈과 입에 야광 색칠을 해서 캄캄한 밤에도 파란빛을 띠는 귀여운 것이었다. 어디서 떨어뜨렸는지 석이는 곰곰이 생각해 봤다. 아무래도 곳집 아래에서 뜀박질하는 통에 빠뜨린 게 틀림없었다. 그러나 이미 날이 어두워져서 혼자서는 도저히 거기까지 갈 수가 없었다.

석이는 부엌으로 달려가서 어머니를 졸랐다.

"어무이, 응, 어무이."

"다 큰 아가 젖 먹을라카나 우째 이리 보채노."

"어무이, 이잉…."

"야가, 뭐 우짜라고 이카는 기고?"

"곳집 있는 데서 오뚝이를 잃어버렸대이."

"잃었으든 찾아와야제."

"무섭어서 우예 가노."

"그라모 저녁하다 말고 내가 가란 말이가?"

"이잉, 어무이….."

석이는 밤새 걱정이 되어서 잠도 제대로 못 잤
다.

그새 누가 주워 가기라도 했을까 봐 석이는 날
이 새기가 무섭게 밖으로 뛰어나왔다. 그러나 석이
는 그때까지도 혼자서는 겁이 나서 도저히 그곳까
지 갈 엄두를 내지 못했다.

석이가 마당에서 이렇게 서성거리고 있는데 삼
촌이 방문을 열면서 불렀다.

"석아."

"응."

"이리 좀 와 보그라."

"….."

"아침 일찍 어딜 갈라 카노."

"오뚝이 찾으러….."

"이거 말이제?"

"?"

석이 삼촌은 손을 내밀며 폈다. 그러자, 손바닥에서 오뚝이가 발딱 일어섰다.

석이는 반가운 나머지 그 오뚝이를 빼앗듯이 낚아챘다.

잠시 후, 오뚝이를 찾은 안도감이 가시자, 석이에게 삼촌이 어떻게 이걸 가지고 있을까 하는 의심이 안개처럼 피어올랐다.

"삼촌, 이거 어디 있드노?"

"음? 으응… 저어기…."

석이 삼촌은 웃음을 지어 보였다. 그러나 어딘지 모르게 당황스러워하는 모습이었다.

"이상하대이. 곳집 있는 데서 잃어뿌렸는데…?"

"마당에서 주웠대이."

"마당에서 말이가?"

석이는 그게 거짓말인 줄 대뜸 알아차렸다. 사립문을 들어서면서 주머니를 뒤졌는데, 마당에 떨어져 있었다니 거짓말이 아닐 수 없었다.

석이는 삼촌이 거짓말을 하고 있다고 생각은 하

면서도 곳집까지 삼촌이 갔을 거라는 의심은 하지
않았다. 삼촌의 힘으로는 도저히 거기까지 갈 수
없었고, 갈 일도 없었기 때문이다.

석이는 오뚝이를 만지작거리며 사립문을 나오
다가 물동이를 이고 오는 어머니와 마주쳤다.

"식전부터 어델 행차하노?"

"…."

석이는 대답 대신 까딱거리는 오뚝이를 어머니
의 코앞으로 쑥 내밀었다.

"하모, 찾아온 기가?"

"삼촌이 주워 줬대이…."

"고거 봐라, 집 안에 두고 고렇게 야단을 치니,
쯧쯧쯧…."

"아이대이. 참말로 곳집 있는 데서 잃었대이…."

"곳집에서 잃은 기 우째 삼촌이 갖고 있노."

"참말인데…."

"아이고마 시끄럽대이."

동이에 묻은 물을 훔치고 비켜 가는 어머니를
쳐다보며 석이는 입이 뾰로통해졌다. 괜한 오기가

바싹 올랐다. 마당에 떨어졌건 곳집에 떨어졌건 알 바 없이 오뚝이만 찾았으면 그만이지만 꼭 똥 누고 뒤를 닦지 않은 것같이 기분이 찌뿌둥했다.

석이는 시간이 지나면서 삼촌이 그곳에 갔을지도 모른다는 생각이 들었다. 삼촌이 오뚝이를 찾으러 일부러 거기까지 갔는지 딴 볼일이 있어서 갔는지 그게 이상스러워서가 아니다. 자기가 그곳에서 오뚝이를 잃었다는 사실에 대한 집념이었다.

그날 늦은 저녁이었다. 사립문 옆에 붙어 있는 변소에서 석이가 막 볼일을 끝내고 바지춤을 추스르고 있는데 건넌방 문이 열리면서 등잔 불빛이 한 아름 마당으로 쏟아져 나왔다. 뒤이어 삼촌이 굼실굼실 기어 나오는 소리가 들리더니 곧이어 사립문 열리는 소리가 삐그덕 하고 들렸다.

석이는 변소에 그대로 선 채 이 밤중에 삼촌이 밖으로 나가는 것이 이상스러워 고개를 갸우뚱거렸다. 그러다가 삼촌이 오뚝이를 주워다 주던 생각이 떠올랐다. 얼른 바지춤을 올리고 석이는 슬그머니 삼촌의 뒤를 따라나섰다.

석이 삼촌은 뒤뚱거리며 어디론가 계속 갔다. 걷다간 쉬고 또 걸어가곤 하는 것이었다.

'이 오밤중에 어델 가는 기고?'

삼촌이 앉아서 숨을 돌릴 때마다 석이는 자꾸만 삼촌에 대한 알 수 없는 의심이 솟구쳐 오르곤 했다.

석이 삼촌은 평소 사람들이 잘 다니지 않는 마을 뒷길로 해서 산등성이 밑으로 나 있는 고샅으로 빠지는 것이었다. 그곳에는 어둠 속에서도 산그늘이 내려와 또 하나의 어둠이 겹쳐 매우 음침한 곳이었다. 석이는 오싹 소름이 끼쳤다. 어디까지 가려는지 석이 삼촌은 여전히 어둠 속으로 가다간 쉬고 또 가는 것이었다.

석이는 그만 집으로 가 버릴까 하다가 지난번 오뚝이를 찾아 주던 일이 떠올랐다. 어쩌면 그 의문이 풀릴지도 모른다는 호기심이 고개를 들어 석이는 무서운 걸 꾹 참으며 계속 뒤를 밟았다.

석이는 삼촌이 동네 맨 끝에 있는 기철이네 집 담벼락을 돌아나가자, 더는 따라가지 못하고 그 자리에 서버렸다. 삼촌이 곳집 밑으로 난 길로 접어든 것이다.

곳집 가까이에서 삼촌의 모습은 완전히 어둠 속에 묻혀버렸다. 무섬증이 뱀 혀처럼 널름거리며 전신을 휘감자 석이는 덜컥 겁이 났다. 삼촌이 없어지고, 이 칠흑 같은 어둠 속에 저 혼자 덩그러니 남겨졌다는 사실을 그제야 알았다. 가슴이 마구 뛰기 시작했다.

뒤도 돌아보지 않고 석이는 집을 향해 냅다 뛰었다. 도깨비의 시커먼 손이 등줄기를 거머잡을 것 같아 목을 움츠리며 뛰었다. 금방 울음이 터져 나올 것처럼 눈자위가 아려왔다. 그래도 용케 돌부리에 걸려 넘어지지도 않고 석이는 사립문을 들어섰다.

숨을 헐떡거리며 방으로 들어온 석이는 잠자는 어머니를 깨울까 하다가 그만두었다. 어머니가 알면 왠지 더 무서운 일이 벌어질 것만 같았다.

석이는 환하게 밝은 등잔 불빛에 조금씩 무섬증을 씻어 냈다. 여전히 가슴이 방망이질해댔다. 삼촌이 무엇 때문에 곳집 있는 데를 갔을까 하는 생각이 머릿속을 떠나지 않았다. 삼촌은 자기 입으로 도깨비 소굴이라며 그곳에 가까이 가지 말라고 했다. 그래 놓고서 대낮도 아닌 오밤중에 성한 사람도 아닌 삼촌이 곳집 근처에 갔다는 사실이 도저히 믿어지지 않았다. 어쩌면 삼촌이 그 도깨비에게 홀려 있을지도 모른다는 조짐마저 들었다.

생각이 여기까지 이르자, 석이는 갑자기 삼촌이 무서운 사람이란 생각이 들었다. 삼촌의 그 뭉떵한 다리가 자꾸만 눈앞에 아른거려서 이불을 푹 뒤집어썼다. 그러나 눈은 더욱 말똥거렸다. 귀를 사립문 쪽으로 향한 채 석이는 좀처럼 눈을 붙이지 못했다. 밤새도록 잠이 올 것 같지 않았다.

그새 언제 잠이 들었는지 석이는 삼촌이 들어오는 것을 보지 못했다. 석이 삼촌은 간밤의 일은 잊은 사람처럼 평소와 다름없이 석이를 보자 입가에 웃음을 띠며 태연했다.

그런 삼촌을 보자 석이는 더욱 무서워했다. 슬금슬금 뒷걸음치며 삼촌 곁으로 가까이 가지 않았다. 오늘따라 석이는 댕강 묶어 놓은 삼촌의 허벅지에 자꾸만 눈길이 갔다.

그런데 석이는 한 가지 알 수 없는 일이 있었다. 어제저녁부터 어머니에게 그 이야기를 하고 싶은데 도무지 입이 떨어지지 않았다.

삼촌은 생쥐처럼 몸을 웅크리는 석이를 손짓하며 불렀다.

"석아."

"응."

"이리 들어오니라."

"?"

석이는 또 한 번 가슴이 덜컹하는 무섬증이 밀려왔다.

'석아'하고 부르는 삼촌의 목소리에 뭔가 음흉한 흉계가 있는 것 같아서 대답은 하면서도 뒤로 한걸음 물러섰다.

"니한테 보여 줄 기 있어서 그란다."

"…?"

석이는 전에 없이 다정스러운 삼촌의 목소리가

아무래도 꺼림칙했다.

"와 그 카노? 내가 무섭은 기가?"

"…."

"이리 와 보그라. 어여."

석이는 잠시 망설이다가 여차하면 도망칠 자세로 조심조심 삼촌 곁으로 다가갔다.

석이가 겨우 한걸음 정도 사이를 두고 가까이 가자 삼촌은 낚아채듯 석이를 와락 껴안아 버렸다. 눈 깜짝할 사이에 당한 일이었다. 석이는 미처 소리도 지르지 못했다. 숨이 콱 막혀 버릴 것 같은 놀라움에 눈만 굴리고 있었다.

"석이가 삼촌을 와 그렇게 무섭어하는지 내는 다 알고 있대이."

"?"

"삼촌이 참말로 무섭은 기가?"

"…."

바들바들 떨면서 석이는 대답 대신 고개만 끄덕였다.

"개얀태이, 내가 석이 니 속맴을 한번 알아맞혀

158

보까?"

"…?"

"어젯밤에 삼촌 뒤를 따라왔제?

"…?"

석이는 뒤통수를 얻어맞은 것처럼 눈앞이 번쩍하는 충격을 받았다. 삼촌이 도깨비처럼 알아맞히는 것이 신기해 보이기에 앞서, 그런 삼촌이 무서웠다.

"사실은 내가 석일 부른다 캐도 어차피 도망칠 거 아이가. 그렇다고 석이가 끝까지 내를 따라오지도 못할 기이까 그냥 모르는 척 놔둬 삐린 기야."

"…."

"어데 간 긴지 알고 싶제?"

"…."

석이는 삼촌의 물음에 잠시 멍하게 바라보다가 겨우 고개를 끄덕였다.

"곳집."

"이잉?"

석이는 놀라 소리를 지르며 일어서려고 했다.

그러나, 몸이 꼼짝도 하지 않았다. 삼촌이 그 무서운 팔심으로 석이의 어깨를 꽉 내리누르고 있었다.

"내 말을 끝까지 듣고 나믄 안 무섭을 끼다."

"…."

"거그 사람이 하나 있제?"

"응."

석이는 모기만한 소리로 대답했다.

"그 사람은 말이제, 도깨비가 아이대이. 정신만 쬐끔 돌았을 뿐인 기라. 석이나 내처럼 똑같은 사람인 기라. 그란데 삼촌이 와 거그 갔나카믄 말이제…. 사람은 밥을 묵어야 살제? 그렇제?"

"응."

"그란데 말이다, 그 사람은 우리 말에서 아무도 밥을 안 주는 기라."

"…?"

"그래서 삼촌이 밤에 몰래 밥을 가져가 준 기라."

이렇게 말하면서 석이 삼촌은 보자기에 싼 물건을 엉덩이 뒤에서 꺼내어 놓았다.

"풀어 보그라."

"…?"

"그라믄 내가 풀어 보끄마."

"…?"

보자기에는 밥풀이 더덕더덕 붙은 밥그릇과 숟가락이 싸여 있었다.

석이는 그제야 삼촌에 대한 수수께끼가 조금씩 풀렸다. 요즈음 삼촌이 예전보다 부쩍 밥을 많이 먹는 이유도 알 것 같았다. 석이는 속으로 삼촌은 이장 어른이나 기철이 아버지보다도 더 마음씨가 좋고, 아는 게 많은 사람이라는 생각이 들었다. 석이는 잠시라도 삼촌을 무섭다고 생각한 게 부끄럽기조차 했다.

"인자 내가 와 거그 갔는지 알겄제?"

"응."

석이의 대답엔 어느 때보다도 힘이 들어 있었다.

"그란데 말이제, 이 일은 니하고 내하고만의 비밀이대이. 알겄제?"

"좋은 일인데 와?"

"말에서 알믄 야단날 끼라. 이장 어른이 아무도 밥을 주지 말라 캤잖아."

"그래도… 다른 말로 가지 않는 걸 보믄 누가 밥을 갖다 주는 기라고 생각할 낀데…?"

"그저 훔쳐 먹거나 하는 줄 알겄제, 그건 자기네 들이 간수하지 못한 탓이라고 생각할 끼다."

"…."

석이는 삼촌의 말이 옳다고 생각했다. 그리고 주막거리 옥천 할매보다 삼촌의 계산이 더 빠르다 고 생각했다.

"어무이한테도 말하믄 안 된대이."

"어무이는… 그래야 밥을 더 많이 얻어낼 낀 데…?"

"아이다. 없는 살림에 군식구까지 멕여 살린다 고 펄펄 뛸 끼라. 그라믄 야단이제."

"그라믄 언제까지 삼촌 밥을 갈라 묵을 끼가?"

"까짓 거, 몇 순가락 덜 묵제."

석이는 오늘처럼 삼촌이 훌륭한 사람으로 보인

적이 없었다. 아이들한테 어깨를 추스르며 삼촌 자랑을 하고 싶어 오줌이 마려울 지경이었지만, 석이는 다부지게 참아냈다. 삼촌이 시키는 대로 석이는 아이들에게 자랑 대신 곳집에 사는 도깨비 이야기를 자주 하면서 근처에 가는 걸 막았다.

이렇게 하여, 밤마다 슬그머니 사립문을 나서는 삼촌의 비밀을 석이는 공모자가 되어 가슴 속에 꼭꼭 묻어 두었다.

그렇게 겨울을 건너뛰었다.

이듬해 못자리가 한창일 무렵에 기어이 일이 터지고 말았다.

마을 입구에 있는 큰 홰나무 고목 아래에 마을 사람들이 모두 몰려 나와 빙 둘러서서 웅성거렸다.

"야, 야! 그년 설 건드리믄 안 된대이. 허리가 뿌러지그러 패라!"

"어느 놈 짓인가 알기는 알아야제."

"뭐 하고 있능교? 빨리 입을 열그러 안하고."

"지집한테 십 년쯤 굶은 사람 아이믄 이 짓 못할껴!"

특히 마을 여자들이 더욱 기를 쓰며 큰소리를 쳐댔다.

석이는 어른들의 다리 사이를 헤집고 안으로 들어갔다가 깜짝 놀랐다. 곳집 속에 있어야 할 미친 여자가 그곳에 쭈그리고 앉아서 히죽거리고 있었다. 그리고 동네 청년들이 팔을 걷어붙인 채 몽둥이를 들고 서 있었다.

미친 여자는 얼마나 맞았는지 입술이 터져 피가 흘러내렸으며, 곳집에서 여기까지 끌려왔는지 떨어진 누더기 사이로 살갗이 벗겨진 엉덩이가 드러나 보였다.

"이거 참말로 말 안할 끼가! 에잇!"

몽둥이를 든 청년이 미친 여자의 등줄기를 후려쳤다. 그런데도 미친 여자는 여전히 누런 이를 드러내 놓고 히죽거리며 어깨만 조금 움찔할 뿐이었다.

"이 육실할 년이!"

"더 세게 내리쳐 보그라!"

"내쫓을 때 쫓더라도 누구 새낀지 알기나 해야

제!"

"아, 그건 알아서 뭐 할 끼고 알믄 더 귀찮은 기라. 그냥 끌어 내그라!"

석이는 어른들의 조각난 말들의 뜻을 어렴풋이 알아들었다. 미친 여자는 그렇게 얻어맞으면서도 약간 불룩한 듯한 아랫배를 두 손으로 감싸 쥐고 있었다.

여기저기서 중구난방으로 소리를 질러 대자 이장이 앞에 나서 소릴 쳤다.

"쓰잘데없이 시간 끌지 말고 그냥 동구 밖까지 끌어내고, 한 두엇이 지키고 섰그라. 다른 말에서 알믄 동네 망신 당한대이!"

"아, 그래도 누구 씬지는 알아야제요."

"정신 올찮은 년한테 뭘 더 물을라 카는교. 뭐하고 있노. 얼릉 끌어내그라!"

마을 아낙네들이 뭔가 아쉬워하고 있는 가운데, 청년 몇 사람이 나서서 미친 여자의 팔을 양쪽에서 거머잡고 일으켜 세우려고 했다.

그러나 미친 여자는 일어나지 않으려고 발을 뻗

대며 몸을 축 늘어뜨리는 것이었다.

"이것아, 얼릉 일어나그라!"

"…."

"퍼뜩 일어나그라, 허리 뿌러지기 전에!"

미친 여자는 여전히 히죽거리며 안 일어나려고
버둥거렸다.

이장이 그걸 보다못해 소릴 버럭 지르며 튀어나
왔다.

"죽만 묵었나! 저리 비키그라! 젊은 것 몇이서
미친년 하나 몬 이긴단 말이가."

이장은 팔을 걷어붙이더니 미친 여자를 질질 끌
고 갔다. 그 통에 웅성거리며 둘러섰던 사람들이
한쪽으로 우르르 물러섰고, 석이는 하마터면 어른
들의 발에 걸려 넘어질 뻔했다.

미친 여자의 발에서는 빨간 피가 송글송글 맺혔
다. 이장은 아랑곳하지 않고 죽은 짐승을 끌듯이
그냥 계속 앞만 보고 끌고 갔다. 힘도 대단했다.

미친 여자는 동구 밖까지 끌려 나가자, 별안간
소리를 질렀다. 그것은 무슨 소린지 알아들을 수는

없었으나 우는 것도 같고 무엇을 찾는 것도 같았
다.

"우ㅡ, 아우ㅡ, 으아ㅡ."

이장은 한 발치라도 더 멀리 끌어내기 위해 이
를 악물었다.

바로 그때였다. 언제 왔는지, 석이는 뒤뚱거리
는 손걸음으로 사람들 사이에 나타난 삼촌을 보았
다. 그리고 눈 깜짝할 사이였다. 석이 삼촌이 이장
의 다리를 잡고 늘어졌다.

"아이쿠! 이기 뭐꼬?"

"?"

"…?"

"!"

석이는 물론, 마을 사람들은 그것을 보고 저마
다 놀란 눈만 둥그렇게 떴다.

"이눔이 사람 다리를 뜯어묵네!"

"…?"

이장은 한쪽 발로 석이 삼촌을 걸어찼다. 그 바
람에 석이 삼촌은 두어 걸음 뒤로 굴러 넘어졌다.

허벅지를 움켜쥐고 펄펄 뛰는 이장의 손가락 사이로 검붉은 피가 조금씩 배어 나왔다. 마을 사람들은 너무 갑작스럽게 일어난 일인데다 상대가 이제까지 걸음도 걷지 못하던 석이 삼촌인 것에 놀라 어찌할 바를 모르고 서로의 얼굴만 쳐다보았다.

넘어졌다 일어난 석이 삼촌이 이장에게 다시 달려들고, 이장이 석이 삼촌을 걷어차는 싸움이 몇 번 반복되고 나서야 정신을 차린 동네 사람들이 달려가서 싸움을 뜯어말렸다.

석이는 거기서 삼촌의 또 다른 모습을 보았다. 엉덩이에 나무 판때기를 붙인 채 이장의 발길에 차여 두 팔로 엉금엉금 기어다니는 삼촌이 애처롭기보다는 무서웠다. 석이는 비로소 삼촌이 장애인이란 걸 알았다. 그러면서 이제까지 자기가 잡았던 다리가 잘린 개구리를 머릿속에 떠올렸다. 삼촌의 그 모습은 다리가 잘린 개구리가 짧은 앞발로 엉금엉금 기어가던 바로 그 형상이었다.

그날 저녁, 석이는 무서운 꿈을 꾸었다. 다리가 잘려 나간 개구리가 수없이 떼를 지어 사립문을 들어서는 거였다. 그 개구리들은 모두 석이가 다리를 잘라 낸 것들이었다. 그리고 삼촌이 대장이 되어서 쳐들어오듯 밀려왔다. 개구리들은 마당을 채우고 방 안으로까지 밀려와서 석이의 온몸에 굼실굼실 기어 붙었다.

석이는 숨이 막혀 소릴 지르며 벌떡 일어났다. 온몸이 물에 젖은 듯 땀으로 흥건했다.

날이 밝았을 때 석이 삼촌은 이미 집을 나가고 없었다. 곳집에 있던 미친 여자도 마을에서 그 모습을 감추었다.

석이는 그제야 삼촌이 밤마다 곳집에 드나들던 것이 밥을 갖다주는 일 때문만은 아니었음을 알았다. 그리고 밤늦게 들어와, 술 냄새가 흠뻑 밴 거친 숨소리가 방 안에 가득 차도록 아버지와 어머니가 다투던 일도 싸움이 아니라는 걸 알았다. 그러나 그것은 손에 닿지 않는 유리벽 저편에 있어서 무슨 싸움인지 확실히 알 수는 없었다. 막연히 어른들만이 하는 싸움이라는 생각만 들었다. 그것은 마치 바람 덜 넣은 돼지 오줌통처럼 터지지 않고 질근질근 석이의 머릿속에 돌아다녔다.

석이는 삼촌이 마을 사람들이 보지 못하는 곳으로 멀리멀리 도망가주기를 속으로 빌었다.

그 사이에 왕거미가 금방 거미줄에 걸린 흰 나비를 물고 잽싸게 뒷걸음질 친다.

워이 총,

워이 총,

워이 총….

아이들의 개구리 후리는 소리가 다시 들려오자, 석이의 눈자위 근처가 또다시 실룩거렸다.

　

　

－1978년 『월간문학』 8월호(제25회 신인상 당선작품)을
2025년 1월 저자가 내용 일부 수정함.

탁본서설 拓本序說

근일 상면 요망,

　　－탁

　어머니가 내미는 우편엽서를 받아 들고 진혁鎭
赫은 한참 동안 들여다보았다. 붓으로 쓴 먹글씨
다. 그는 엽서 내용보다 손바닥 크기의 엽서가 이
렇게 넓다는, 새로운 느낌에 어리둥절해 있다. '－
탁'이라는 서명을 빼면 엽서 한 장에 글자라고는
달랑 세 단어, 한 줄이다. 문투도 이젠 역사 속으로
사라진 전보(電報, telegraphy) 스타일이다.
　곁에서 바라보는 그의 어머니도 이런 우편엽서

글에 놀란 듯 아들의 표정을 살핀다. 핸드폰을 사용하는 시대에 엽서도 낯설지만, 마치 암호를 전하듯 하는 엽서의 문장에 잔뜩 의심의 눈길을 보낸다. 그의 얼굴에 일어나는 미세한 변화도 놓치지 않으려는 듯 어머니는 그의 표정을 살피고 있다.

"무슨 엽서냐?"

진혁이 엽서에서 눈을 떼자, 그의 어머니가 기다렸다는 듯이 물었다.

"여름에 탁본하러 여주에 갔을 때 만났던 노인이 보낸 겁니다."

"그 사람이 왜 널 보자며 이런 이상한 엽서를 보내냐?"

노인이라는 말에 진혁의 어머니는 표정이 다소 누그러졌다.

"좋은 자료라도 발견한 모양이죠."

어머니를 옥죄는 의심의 그림자를 빨리 걷어내야겠다는 생각으로 진혁은 그렇게 적당히 얼버무렸다. 그도 탁 노인이 왜 이런 엽서를 보냈는지 궁금했다.

"그분은 탁본을 많이 가지고 있어요. 아마, 귀중한 자료라도 나온 모양입니다. 그런 게 있으면 연락을 달라고 부탁했더랬어요."

좀처럼 의심의 끈을 늦추지 않는 어머니에게 진혁은 친절하게 거짓말까지 했다.

"내려갈 거니?"

"엽서까지 보냈는데 가 봐야 하지 않아요."

토요일 오후에 진혁은 평소 입던 옷차림으로 그대로 집을 나섰다. 그는 "틀림없이 혼자 가야 한다?"라며 걱정스러운 표정을 짓는 어머니에게 "이젠 다른 세상이 되었어요." 했다. 그는 어머니의 말이 날카로운 유리 파편으로 긋듯 가슴이 아렸다. 이젠 그렇게 작당할 친구조차 그에게는 없다. 15년 징역, 벌써 오래전 이야기인데도 그의 어머니는 여전히 그때의 세월을 손에서 놓지 못하고 있다. 시내 곳곳에 최루탄이 난무하여 손수건으로 눈과 코를 막고 다니던 시절이었다. 학생운동을 하던 그는 국가보안법 위반으로 체포되어 15년 징역형을 선

고받고 8년간 복역한 뒤 감형으로 석방되었다. 그 때부터 그는 집안에 들어앉아 거의 두문불출했다. 그 자신도 바깥출입이 싫었지만, 그의 어머니가 쉬 외출을 허락하지 않았다. 감형을 받고 석방되었으나 그는 교도소가 아닌 집에서 남은 형기를 복역한 셈이다.

세상이 바뀌었다. 바뀐 세상에서 재심판으로 무죄 선고를 내렸으며, 국가로부터 배상금도 받았다. 그런데도 진혁은 물론이고 그의 어머니도 여전히 '그때'를 벗어나지 못한다. 바뀐 세상에서 당시 함께 복역했던 친구들은 모두 출세했다. 국회의원이 된 친구도 장관이 된 친구도 있다. 그는 그들과 함께하지 못했다. 당시 받은 고문의 후유증으로 앓는 폐소공포증閉所恐怖症에서 벗어나지 못하고 있다. 법률상으로는 무죄 판결을 받았지만, 육체와 정신은 여전히 사회로부터 격리 중이다. 여기에다 우울증과 불면증까지 그를 괴롭힌다. 꾸준히 치료받아 한동안 회복했으나, 다시 원상태로 돌아가 버렸다.

자신이 만든 벽 안에 스스로 들어간 진혁은 번

데기처럼 고립했다. 그는 지금 돌을 하나하나 쌓아 올리듯, 새로운 의식 세계에 조심스럽게 한 걸음 한 걸음 다가가는 중이다. 탁 노인을 만나고 난 뒤부터 그는 마음이 흔들리기 시작했다. 확실하게 잡히지는 않지만, 그는 탁 노인을 만나던 날 가슴 한가운데로 드리워지는 질긴 끈 하나를 보았다.

여주행 버스는 광주를 막 지나며 누렇게 익어가는 들판을 양쪽에 끼고 달린다. 겨우 넉 달 전 일인데도 진혁에겐 몇 년이나 지난 일 같다. 계절 탓인가. 마치 빛바랜 고서古書처럼, 기억들이 한 장 한 장 넘어간다.

지난여름이었다. 한 달째 집 안에 붙잡혀있던 진혁은 갑갑해서 견딜 수가 없었다. 어머니가 화장실에 들어간 사이에 그는 탁본 뜰 준비를 해서 얼른 집을 빠져나왔다. 정말로 탁본하러 가는 건 아니다. 일단 집에서 탈출하고 싶었다. 혹시 검문당하더라도 이런 차림이면 편하다.

한길까지 나온 진혁은 푸른 하늘을 올려다보며

숨을 크게 한 번 들이마셨다. 함께 풀려난 친구들에게 우선 전화라도 해보아야겠다며 그는 공중전화 부스로 들어갔다. 막 수화기를 드는 순간 누가 그의 뒷덜미를 움켜잡았다. 그는 소스라치게 놀라며 뒤돌아보았다.

언제 따라 나왔는지 그의 어머니가 무서운 얼굴로 그를 노려보았다.

"이것아, 그렇게도 엄마 속을 몰라주니! 정치는 공부를 다 하고 나서 해도 늦지 않다. 니 한 놈 어떻게 돼 봐야 세상 사람들 눈 하나 깜짝하지 않아. 정신 차려, 이놈아!"

그의 어머니는 진혁의 등줄기를 손바닥으로 한 번 후려쳤다.

불시에 당한 일이라 진혁은 믿기지 않는다는 듯 멍하니 어머니를 바라보았다. "우리가 하는 일은 정치가 아니에요, 엄마." 하며 말하려 했다. 수없이 반복해 온 이 말조차도 나오지 않았다.

"내 눈에 흙이 들어가기 전에 넌 내 눈을 벗어나지 못한다. 어서 들어가자."

"엄마, 답답해서 탁본 뜨러 가려던 참이었어요."

"이젠 엄마한테 거짓말까지 할 셈이더냐?"

"거짓말이 아네요. 보세요."

진혁은 가방을 열어 속을 어머니께 내보였다. 화선지와 유묵油墨, 솔, 솜방망이 따위가 의기양양하게 들어 있다.

"그럼, 왜 엄마 몰래 슬그머니 빠져나왔느냐?"

"말씀드려도 안 들어 주실 게 뻔하잖아요."

"어디로 갈 거니?"

"신륵사요."

그렇게 말한 진혁 자신도 놀랐다. 탁본 도구가 들어 있는 가방을 메고 나온 것 하며, 엉겁결에 둘러댄 말이 모두 자로 잰 듯 그럴듯해서다. 말하고 보니 그는 정말로 탁본하러 가고 싶은 충동이 생겼다.

어떻게 할까, 망설이는 어머니에게 진혁은 재빨리 말했다.

"정 의심스러우시면 어머니가 버스를 태워 주세요."

어머니의 전송 아닌 감시를 받으며 진혁은 여주행 버스에 올라탔다.

"거기까지 따라가지 못하는 엄마 맘을 헤아리거라. 틀림없이 저녁에는 돌아와야 한다. 그렇잖으면 엄마 얼굴 다 본 줄 알아라."

신륵사에 도착한 진혁은 보제존자석종비普濟尊者石鐘碑를 탁본하기 위해 먼저 종무소에 찾아갔다. 사찰 측에서 보물로 지정이 되어 있는 문화제라 탁본할 수 없다며 완강하게 거절했다. 진혁은 습탁溼拓이 아니라서 비면碑面에 아무런 손상을 주지 않는다는 것과, 사학과 학생이라는 신분을 내세워 한 시간 가까이 설득한 끝에 겨우 허락받았다. 사실은 정식 허락이 아니라, 그냥 못 본 걸로 눈감아 준다는 것이었다.

보제존자석종비 앞에서 한동안 비를 바라보던 진혁은 종무소에서 약속한 것과 달리 습탁을 해야겠다고 생각을 바꾸었다. 비면이 너무 건조했다. 비면이 푸석푸석하여 제대로 탁본이 안 될 듯했다솔로 비면에 묻은 먼지를 털어낸 뒤, 화선지를 대고 붓으로 조심스럽게 물을 발랐다. 그때였다.

"비면이 깨끗해서 건탁乾拓 하면 좋을 텐데…."

소스라치게 놀라 물 칠하던 손을 얼른 멈추고 진혁은 뒤돌아보았다. 낯선 노인이 서 있었다. 남루한 옷차림에 수염을 길게 길렀는데, 얼핏 보기에도 일흔 살은 훨씬 넘어 보였다. 방금 그런 말만 하지 않았다면 문전걸식하는 사람쯤으로 오해할 모습이다.

"준비를… 못 했습니다."

사찰 측에 한 약속을 어긴 게 켕겨 진혁은 말을 더듬기까지 했다.

"보제존자가 누군지 아시오?"

물 칠한 화선지 위쪽이 벌써 마르고 있다. 얼른 물 칠을 계속하며 진혁은 "나옹선사 아니십니까?" 하고 퉁명스럽게 말했다.

"회암사에 있던 나옹이 밀양 영원사로 가던 길에 이 신륵사에서 입적했지."

진혁은 붓질하던 손을 멈추었다. 그제야 예사

노인이 아니라는 느낌을 받은 것이다.

"회암사에서 문수회文殊會를 열었는데, 사람들이 얼마나 많이 모여들었던지 큰 혼잡이 일어났어. 그래서, 조정에서 일부러 밀양까지 멀리 내려보낸 거야. 말하자면, 그의 명성이 너무 높아지는 걸 고려 우왕이 두려워한 게지. 묘청, 신돈한테 한 번 혼이 난 왕조 아닌가. 그런데, 참 묘한 인연이거든. 결국은 나옹의 법을 이어받은 무학이 고려를 뒤엎은 이성계의 왕사가 되지 않았는가? 아참, 나 때문에 탁본이 안 되겠구먼, 어서 물 칠을 하시오. 내가 좀 거들어 드리리다."

겉모습과는 달리, 노인의 음성은 굵고 힘이 있었다. 툭툭 던지는 한 마디 한 마디가 깊은 지혜의 샘에서 길어 올리는 듯 논리가 정연했다. 진혁은 노인으로부터 눈에 보이지 않는 어떤 힘에 끌리고 있다는 느낌을 받았다.

"학생이오?"

"네."

"나이가 좀 많아 보이네. 무슨 과?"

"사학과입니다."

"요새 젊은이답지 않게 제대로 공부하러 갔구먼. 그런데 보아하니 소리를 좀 친 모양이지?"

"네?"

숨이 컥 막힐 듯이 놀라 진혁은 노인을 바라보았다.

"간단하지. 학기 중일 텐데 평일에 혼자 탁본하러 다니는 걸 보면 시간이 남아도는 학생일 거고, 아니면 늦깎이거나 도중에 공부를 오래 쉰 복학생일 테지. 나옹의 묘탑인 석종 비문을 뜨려는 걸 보고 대충 짐작했지. 비문 내용이야 무에 중요해. 나옹이 영원사로 보내진 과정에 더 관심이 있었던 게지. 안 그런가?"

진혁은 자신의 속을 낱낱이 꿰뚫어 보는 노인의 날카로운 혜안에 섬뜩한 두려움을 느꼈다. 그는 대충 탁본을 끝내고 노인과 이야기해 보고 싶은 충동이 생겼다.

"어허, 그렇게 하면 제대로 글이 떠지나. 솔로 한 번 더 부드럽게 다지시오."

노인의 말과 행동은 한 치도 흐트러짐이 없었다. 들뜨는 진혁의 마음을 느긋이 잡아당기는 여유도 보여 주었다.

탁본을 끝낸 뒤 진혁은 노인에게 말했다.

"어르신, 제가 술을 한잔 사 드리고 싶은데 괜찮으시겠습니까?"

"술? 좋지, 술처럼 좋은 음식이 어디 있는가?"

노인과 함께 절을 나와 진혁은 강변에 늘어서 있는 한 음식집으로 들어가려고 했다. 그러자 노인이 그의 소매를 잡아당겼다.

"학생이 무슨 돈 있나. 막걸리나 한 통 사 들고 내 집으로 가지."

노인의 제의를 따라 진혁은 편의점에서 막걸리를 두 통 사 들고 노인의 뒤를 따라갔다.

노인의 집은 남한강 둑을 따라 상류 쪽으로 십여 분 정도 올라간 곳에 있었다. 조그만 텃밭이 딸린, 산자락에 붙은 외딴 초가집이었다. 집안 분위기로 보아 다른 사람이 살고 있는 것 같지 않았다.

"가족들은…?"

"나 혼자일세."

"…?"

진혁은 노인의 신분이 점점 더 궁금해졌다.

"들어오시게."

방 안으로 들어간 진혁은 또 한 번 놀랐다. 살림살이라곤 윗목에 놓여 있는 조그만 나무 궤짝 하나가 고작이었다. 방 안에는 온통 먹 향이 가득했다. 그 궤짝 옆에 탁본한 화선지가 진혁의 허리 정도의 높이로 쌓여 있었다.

"전국 방방곡곡을 누비고 다녔지."

"저걸… 어떻게 하실 계획이 있으시나요?"

"불태울 걸세."

"예?"

"나를 태울 불쏘시개로 쓸 작정이네."

말하면서 노인은 땟국이 흐르는 막사발에 막걸리를 한 잔 가득 따랐다. 그는 주름진 노인의 손에 터질 듯 부풀어 오른 핏줄을 바라보았다. 마치 튼튼하게 내린 나무뿌리처럼 보였다. 젊었을 때 강골이었을 거란 추측을 했다. 노인에게 알 수 없는 의

184

문의 그림자를 읽었지만, 신분조차 알지 못하는 초면의 자리에서 그는 꼬치꼬치 물어 볼 수가 없었다. 물어 본들 노인이 선뜻 대답할 것 같지도 않았다.

"제 이름은 양진혁입니다. ㅅ 대 사학과 삼 학년입니다."

"난 이름이 없어요, 탁본하러 다닌다고 사람들이 그냥 탁 선생이라고 부르지. 어떤 사람들은 내 성이 탁가인 줄 알아."

노인은 빙그레 웃으며 술을 마셨다. 그러고는 말이 없다. 잔이 비면 붓고, 또 마시고 그랬다. 운동권 학생이라는 사실까지 알았으니, 진혁은 노인이 거기에 대해 무슨 말을 걸어올 줄 알았다. 노인은 전혀 관심이 없었다.

"어르신, 학생들이 데모하는 걸 어떻게 보십니까?"

노인은 막걸리 사발을 들고 단숨에 죽 들이켰다. 그리고 나서 수염에 묻은 술을 손등으로 쓱 닦아 내면서 말했다.

"학생은 왜 탁본하러 다니나?"

"자료로 이용하려고요."

"나와 다르구먼. 비면에 새긴 글자들을 양각하지 않고 왜 음각으로 하는지 아는가?"

여러 차례 탁본하러 다녔지만, 진혁은 한 번도 그런 생각을 해본 적 없다. 노인의 그런 질문을 받고 나서야 진혁은 어렴풋이 그 이유를 알 듯했다.

"오래 견디게 하기 위해서가 아닙니까?"

"주변을 깎아 내고 도드라져 오른 양각은 쉽게 부수어지지. 반대로 주변을 도탑게 하고, 나타내야 할 부분을 들어가게 하면 오랫동안 제 모양을 가지고 있게 되는 게야. 그 좁은 비면이 우주 하나를 담고 있는 게지. 실한 비면을 열심히 두드려 주면 줄수록 빈자리는 더욱 선명하게 드러나는 걸세. 빈[空] 것이라고 해서 다 빈 게 아니라는 뜻일세. 공空과 색色의 조화지. 이理와 사事는 분명히 하나의 돌 안에 있네. 만약 이와 사를 서로 떼어 놓고자 하면 그 둘은 부서지고 말지."

진혁은 노인의 빈 잔에 막걸리를 따랐다. 그는

노인의 말을 곰곰 새겨 보았다. 뭔가 알아들을 듯 하면서도 확연하게 잡히지 않는다.

"정치나 학생운동도 이런 맥락에서 본질을 찾아야 하는 게 아닌가?"

노인의 입에서 정치니 학생운동이니 하는 말들이 튀어나오자 진혁은 재빨리 노인을 바라보았다.

"세상은 몇몇 도드라진 사람들의 목소리로 만들어지는 게 아니야. 세상을 만드는 바탕이 무언가? 사람 아닌가? 그건 곧 국민일세. 바탕이 되는 국민을 튼튼하게 뿌리내리게 하면 인물은 절로 태양처럼 솟아오르는 법일세. 우리는 그 반대로 하려고 하지. 말하자면 양각을 하려는 게야. 양각은 음각보다 쉬 드러나기는 하지만, 그만큼 쉬 부서지는 법일세."

"이론으로는 옳은 말씀입니다만, 원칙대로 한다면야 세상이 시끄러워질 이유가 없지 않겠습니까?"

"무슨 대답을 듣고 싶은가?"

"오늘의 현실을 어떻게 보십니까?"

노인은 한바탕 너털웃음을 웃었다. 그러고 나서 잠시 뜸을 들인 뒤 말했다.

"보다시피 난 세상 돌아가는 일에 어두운 사람일세. 뭘 알아야 왈가왈부 하지. 내가 한 말을 원론으로 받아들였다면 학생 판단으로 세상 돌아가는 일을 한번 점쳐보게나. 허나, 한 가지 말해주고 싶은 게 있다면, 공부나 열심히 해서 세상을 두툼하고 실하게 만들 돌이 되라는 것일세."

여주에서 탁 노인을 만난 일은 진혁에게는 충격이었다. 지금까지 휩쓸려 온 자신의 의식 세계에 한 줄기 따가운 매를 맞은 기분이었다. 고무풍선처럼 부풀어 오르기만 했던 자신의 의지들이 그 순간 바람 빠진 풍선처럼 쭈그러들었다. 그는 여주에 다녀온 뒤부터 식구들의 감시에 의해서가 아니라 스스로 자신을 외부와 차단했다.

여주에 도착한 진혁은 버스에서 내려 잰걸음으로 탁 노인의 집으로 갔다. 탁 노인은 자리에 누워 있었다. 얼굴에 병색이 완연했다.

"어디 편찮으십니까?"

노인은 대답 대신 손을 허공에 두어 번 내저었다.

"병원에라도 가보시지요. 일일구를… 부를까요?"

말하다가 말고 진혁은 입을 다물었다. 말로써 해결될 문제가 아니었다. 지금 자기에게는 노인을 도울 아무런 힘도 없었다.

"내가 무얼 하나 줄 게 있어서 불렀어."

탁 노인은 몸을 무겁게 일으키더니, 윗목에 있는 나무상자 속에서 두루마리 화선지를 하나 꺼내 그에게 밀어 놓았다.

"이게 무엇입니까?"

"펴 보게."

탁본이었다. 그러나, 비면이 거칠어 진혁은 무슨 글씨인지 전혀 알아볼 수가 없었다. 거친 바위를 탁본한 듯했다.

"알아보겠는가?"

"이게 비문입니까? 전혀… 저는 알아볼 수 없어요."

"김시습의 글씨야."

"예?"

진혁은 깜짝 놀랐다. 이런 걸 판독한 것도 놀라웠지만, 이걸 김시습의 글씨라고 단정 짓는 건 더더욱 놀라운 일이었다. 이 정도로 금석학金石學에 밝다면 세상에 이름이 알려졌을 것이다. 도대체 누구일까.

"차령산맥의 끝자락에 붙은 비홍산飛鴻山에 가면 빗돌대왕이라는 비석이 하나 있네. 이게 거기서 떠 온 것일세. 그곳 빗돌마을[碑石里] 사람들은 집안에 어려운 일이 닥치면 이 빗돌대왕 앞에 가서 두 손을 모아 빈다네. 여기 이 끝부분을 잘 보게."

노인이 손가락으로 짚는 곳을 보았다. 희미하게 무슨 글자가 보이는 것 같기도 했다.

"東峰(동봉) 아닌가?"

그렇게 생각하고 보니 그런 것처럼 보이기도 한다. 진혁은 눈을 가까이하고 그 글자를 다시 보았다. ‘東峰’이라 찍혀 있다.

 “동봉은 김시습의 아호일세. 보통은 매월당이
니, 설잠 스님으로 더 잘 알려져 있지.”

 “이것만으로 어떻게 김시습의 글씨라고 단정을
하십니까?”

 “첫째는 비문의 내용 때문이야. 내가 손으로 짚
는 곳을 잘 보게.”

 탁 노인은 일일이 탁본을 손으로 짚어 가며 설
명했다. 그리고 나서 그 글자를 다른 종이에다 옮
겨 적었다. 그 내용은 이렇다.

 將欲爲傑者反爲小人輩(장욕위걸자반위소인배)
 自欲爲人君者必爲逆賊(자욕위인군자필위역적)
 夫聖君之出其必在民埃(부성군지출기필재민애)

 스스로 영웅이 되려고 하면 소인배가 되고
 스스로 임금이 되려고 하는 자는 역적이 될 것
이며 참 임금은 백성 가운데 묻혀서 나타난다.

"그 시절에 이런 파격적인 글귀를 바위에다 새겨 놓을 만한 사람이라면 김시습 말고 또 누가 있겠나. 그리고 그곳은 조선시대 홍산현鴻山縣 땅이네. 전국을 떠돌며 유랑하던 매월당이 홍산에 있는 무량사無量寺에서 입적했다는 사실 또한 그걸 증명하네."

정말 놀라운 일이었다. 진혁은 너무나 충격스러운 일이라 뭐라고 대꾸조차 할 수가 없었다. 사실이든 아니든 노인이 이 같은 사실을 추적했다는 것만으로도 그에게는 충격이었다.

"더욱 재미있는 건, 그곳 사람들이 이 빗돌에다 두 손을 맞비비며 기원한다는 사실일세. 물론 자신들의 소원을 빌었겠지. 허나, 제삼자가 볼 때는 비문에 새겨져 있는 글귀의 내용이 이뤄지도록 비는 형상이 아니었겠는가? 글을 몰랐던 산간벽지의 그곳 백성들은 어느 날 바위에 새겨진 이상한 글을 보고 산신령님이 영험을 보인 것으로 믿었을 걸세. 참 재미있는 일 아닌가. 원각사에서 세조를 앉혀놓고 염불하다가 수챗구멍으로 도망친 김시습일세.

능히 이런 일을 할 만하지. 이걸 어찌 이 하찮은 몸뚱이를 태우는 불쏘시개로 쓰겠나. 자네가 가져가게. 그리고 자네가 더 구체적인 사실을 한 번 밝혀보게. 학문적 가치가 없는 일이라 하더라도 재미있는 소설 감은 되지 않겠나?"

그때까지 진혁은 제정신이 아닌 듯 멍한 기분이었다. 순간, 혹시 노인에게 치매 끼가 있는 건 아닐까. 그런 생각을 하다가 그는 얼른 고개를 저었다. 노인의 추정이 매우 빈틈없었다.

탁 노인이 기력을 회복할 때까지 만이라도 진혁은 곁에서 시중을 들어 주고 싶었다. 탁 노인은 한사코 거절했다.

"대신 심부름을 하나 해주게. 이걸 이 주소에 있는 사람에게 좀 전해 주게나."

탁 노인은 봉투 하나를 진혁에게 주었다. 밀봉한 겉봉에는 서울의 주소와 받을 사람의 이름이 적혀 있었다.

"십수 년 전 주소네. 혹 그곳에 살고 있지 않을지도 모르네. 그래서 우송하지 않고 자네를 주는 것이니 수고스럽더라도 꼭 한 번 찾아보게."

부엌에 들어가서 밥을 한 솥 지어 노인에게 식사 상을 차려 놓은 뒤, 진혁은 곧장 서울로 돌아왔다.

이튿날, 진혁은 노인에게서 받은 봉투를 들고 몇 군데 동사무소를 뒤진 끝에 3일 만에 나선희羅善姬라는 사람을 찾아냈다. 그녀는 아이까지 딸린 30대로 보이는 가정주부였다. 그가 건네는 편지를 읽던 그녀는 갑자기 얼굴빛이 굳어지며 외쳤다.

"어디 계세요, 이분!"

"여주에 계십니다만, 혹 어떤…?"

"제 아버지세요."

진혁도 놀랐다. 가족이라곤 아무도 없다던 노인에게 딸이 있었다. 왜 혼자 은둔 생활했을까. 진혁은 그녀가 몹시 흥분해 있어서 궁금한 걸 물어 볼 수도 없었다.

그 길로 진혁은 그녀와 함께 황급히 여주로 갔다. 여주로 가는 버스에서 그녀는 탁 노인, 아니 나해춘羅海春 노인에 관해 자세하게 이야기했다.

탁노인, 나해춘은 자유당 정권 때 이름을 날리던 정객政客이었다. 정치에 야망을 품고 독신 생활을 했을 만큼 그는 정치에 인생을 걸었다. 나름대로 그는 정치가로 성공했다. 하지만 길지 못했다. 4·19가 터지고 민주당 정권이 들어서자, 그는 부정축재 혐의로 체포되어 일 년여를 복역했다. 그 뒤 출옥과 함께 세상 사람들의 눈에서 사라졌다.

진혁은 그녀를 바라보았다. 독신이었던 나해춘의 딸이라는, 자신의 신분에 대해서는 말하지 않았다.

그들이 여주에 도착했을 때 노인이 살던 집은 시커먼 잿더미로 남아 있었다.

"아니?"

진혁은 눈앞에 펼쳐진 광경이 믿기지 않아 허둥거렸다. 그때 진혁은 노인이 탁본으로 자기의 몸을 태울 불쏘시개로 쓰겠다고 하던 말이 문득 떠올랐다. 아니야, 그럴 리 없어. 진혁은 속으로 그렇게 부르짖으며 고개를 저었다.

그녀가 낌새를 느꼈는지 어깨를 들먹이며 오열

했다. 아닐 거야. 진혁은 타다가 만 탁본이 바람에 날려 다니는 걸 목격했다. 노인이 어딘가에서 탁본하고 있을 거라는 믿음을 그는 떨치지 못했다. 요철의 비면을 유묵 솜방망이로 두드리며 이理 사事 합일슴—을 찾고 있을 거라고 믿고 싶었다.

−월간 『문학정신』 1987년 6월호 발표 작품을 2025년 1월 저자가 일부 내용 수정함.